Tenente Pacífico
Um romance da Revolução de 32

Tenente Pacífico
Um romance da Revolução de 32

Waldo Cesar

EDITORA RECORD
RIO DE JANEIRO • SÃO PAULO
2002

CIP-Brasil. Catalogação-na-fonte
Sindicato Nacional dos Editores de Livros, RJ.

C416t Cesar, Waldo
    Tenente Pacífico: romance / Waldo Cesar. – Rio de
Janeiro: Record, 2002.

ISBN 85-01-06355-X

1. Romance brasileiro. I. Título.

02-0566
CDD – 869.93
CDU – 869.0(81)-3

Copyright © Waldo Cesar, 2002

Copyright das ilustrações © Fiammetta Emendabili

Projeto de capa e miolo: Evelyn Grumach

As imagens de capa e miolo são alto-relevos do Obelisco aos heróis da Revolução Constitucionalista de 1932, feitos pelo escultor Galileo Emendabili, autor do Monumento Obelisco Mausoléu erguido no Parque do Ibirapuera, por ocasião do 4º Centenário da Cidade de São Paulo.

Direitos exclusivos desta edição reservados pela
DISTRIBUIDORA RECORD DE SERVIÇOS DE IMPRENSA S.A.
Rua Argentina 171 – Rio de Janeiro, RJ – 20921-380 – Tel.: 2585-2000

Impresso no Brasil

ISBN 85-01-06355-X

PEDIDOS PELO REEMBOLSO POSTAL
Caixa Postal 23.052
Rio de Janeiro, RJ – 20922-970

Eu sou o Senhor e não há outro.
Eu formo a luz e crio as trevas;
faço a paz, e crio o mal;
eu, o Senhor, faço todas estas coisas.

Isaías 45, 6-7

E certamente ouvireis falar de guerras
e rumores de guerras;
vede, não vos assusteis,
porque é necessário assim acontecer,
mas ainda não é o fim.

Mateus 24, 6

As horas fundamentais já nos visitaram.

Ana Cristina Cesar, Inéditos e dispersos

In memoriam

Samuel e Aurora, os pais,
nem sempre se reconheceriam nestas páginas,
mas talvez se divertissem com os seus
personagens.

Maria Luiza, companheira de 46 anos,
estímulo e sugestões
que desbloquearam temores e imaginação.

Ana Cristina, filha,
presente em muitas páginas.

Weber, irmão,
leitor atento.

Em gratidão

Tirza, irmã,
lembrança fiel de outros tempos.

Flavio e Felipe, filhos,
três gerações depois,
sugestões preciosas.

José Leon,
idéias, estímulo.

Mozart Noronha, pastor,
inspiração e divulgação.

Fernando Paixão,
críticas e sugestões fundamentais.

E, em especial, Armando Freitas Filho,
"leitor impertinente".

Também muito devo a entrevistas, livros, fotos —
por cujas distorções sou o único responsável.

Sumário

	Súmula	15
1	Do trem e outras esperas	17
2	Pacífico vai à guerra	27
3	Rumores	37
4	Tudo isto te darei	47
5	O que há de ser também já foi	57
6	A glória e o poder	71
7	E as armas e os homens, general?	81
8	A Cidade dos Homens Pequenos	95
9	São Paulo, uma potência	107
10	Pode ser um anjo	115
11	Coisas do espírito e da matéria	123
12	Os homens voam como pássaros	133
13	*Vertere seria ludo*	141
14	É tarde para renunciar	151
15	Não se turbe o vosso coração	157
16	Cantata 147	167
17	Bem-aventurados os mortos	175
18	Armai-vos — uns e outros	183
19	É grande a tribulação	191
20	O fim está próximo	205
21	Assim na terra como no céu	213

Súmula

O romance registra episódios da Revolução Constitucionalista de 1932, quando São Paulo pegou em armas contra o governo ditatorial de Getúlio Vargas, em defesa de sua posição econômica e política no cenário nacional. A narrativa, tendo como centro a cidade de Resende (RJ), onde se estabeleceu o quartel-general das forças governistas, é intercalada com acontecimentos na capital paulista e no Rio de Janeiro, além de combates na linha de frente e das questões políticas geradas pelo que foi considerado o maior movimento armado da América Latina.

Os personagens, reais, abrangem desde a família protestante do reverendo Samuel, residente em Resende, quanto as principais figuras históricas da revolução paulista. A trajetória familiar cruza todo o romance e revela uma nova realidade — que afeta os fundamentos de sua formação profundamente religiosa, abalada com a tragédia da luta entre irmãos; a questão do bem e do mal, em grande parte presente na figura do personagem principal, o tenente Pacífico; dúvidas e conflitos que se acentuam com a doença terminal de Aurora, a mãe. E a fatalidade da revolução, para surpresa e susto da família, tem um simulacro no brinquedo do menino Pedro — a Cidade dos Homens Pequenos —, que acaba se tornando numa aparente ameaça na condução dos eventos da guerra.

O romance resulta de lembranças do autor, em Resende, sua terra natal; e da leitura de livros, artigos e documentos sobre a Revolução Constitucionalista (Biblioteca Nacional, Biblioteca do

Exército, Museu da República, no Rio), assim como de entrevistas com historiadores e raros participantes do movimento; visita ao Museu da Revolução de 1932 e ao Monumento dos Mortos de 1932 (ambos em São Paulo). É abundante a literatura histórica e interpretativa do conflito, mas parece que a única obra ficcional consta de um romance de Afonso Schmidt (*A locomotiva*, Editora Brasiliense, 1980). Há boa documentação fotográfica. A rede Manchete divulgou, em 1994, um longo documentário (direção de Eduardo Escorel, com apoio da VideoFilmes). Entre as obras consultadas destacam-se *A revolução de 32* (Hernâni Donato, 1982), *1932 — A guerra civil brasileira* (Stanley Hilton, 1982), *Contribuição para a história da revolução constitucionalista* (Euclydes Figueiredo, 1954), *A revolução paulista* (Menotti del Picchia, 1932) *Narrativas autobiográficas* (Bertholdo Klinger, 7 vols. 1958), *A revolução melancólica* (Oswald de Andrade, 1978), *1932 — A guerra paulista* (Hélio Silva, 1967). Sobre a revolução e a história de Resende, artigos publicados no jornal da cidade, *A Lyra*, por Ney Paulo Panizzotti, Virgínia Arbex, Cláudio Moreira Bento, Marcos Brito, Hélio Cezar da Costa.

Os fundamentos cristãos e éticos da família levaram o autor a utilizar com freqüência citações bíblicas (nem sempre explicitadas, mas talvez reconhecíveis). Da mesma forma, por outras motivações, textos literais da poesia de Ana Cristina Cesar aparecem em vários capítulos, entre colchetes, na fala ou no pensamento do autor ou dos personagens — "pura passagem permanente", como uma busca que permanece "atirada ao oceano de todos para ser aberto por Ninguém ou por qualquer um, ao acaso." (Armando Freitas Filho).

Nota: Não por acaso, a Cidade dos Homens Pequenos foi o nome dado a um dos brinquedos de infância de Ana Cristina, que reproduzia experiência similar da meninice do pai.

Waldo Cesar

1

DO TREM E OUTRAS ESPERAS

No ano da insurreição, decorrendo o mês de julho de 1932, mais uma vez o reverendo Samuel postou-se como um atento vigia na estação da estrada de ferro. Naqueles dias assim transcorria sua nova rotina, desde quando trens especiais, provenientes da capital, passaram a despejar enxurradas de soldados na pequena praça de acesso à cidade de Resende. Da plataforma — paredes manchadas pelo tempo, tufos rasteiros de capim brotando nas brechas do cimento — podia entrever a abrupta colina onde morava, a casa colonial toda branca, largas janelas azuis. Lá do alto, a pequena cidade quase se mostrava por inteiro. E costumava, antes de sair, contemplar as ruas e praças de sua caminhada diária, a ponte de ferro sobre o rio Paraíba, suas grades escuras meio recurvadas; e a nova avenida de árvores floridas desembocando na estação. Ao longe, as altas montanhas do Itatiaia, cobertas de florestas, abrangem toda a região.

Lentos eram os passos. Certa ansiedade no rosto magro. Dia a dia aumentava a expectativa do trajeto diante dos graves acontecimentos políticos que abalavam todo o país. As notícias chegavam com os pacotes de jornais do Rio de Janeiro, atirados do trem ainda em movimento. Desamarrados com rapidez, eram disputados entre empurrões, exclamações e palavras que feriam os ouvidos do pastor. Havia que chegar cedo, antes do sino que badalava a passagem do comboio pela última estação.

Naquele dia a tribulação era maior. Em pé, quase imóvel, o reverendo Samuel mantinha os olhos fitos nas paralelas de aço cintilando na límpida manhã de sol. Em breve o trem de ferro encostaria na gare seus velhos vagões encardidos; e entre centenas de homens fardados — e aqueles cinzentos apetrechos de guerra — deveria estar o tenente Pacífico.

Deveria. O tempo não era de certezas. Ainda mais, se escolher pudesse, ali não estaria como um guarda de seu irmão — não apenas um combatente a mais, porém a figura polêmica da ovelha rebelde, carne mais forte que o espírito, dúvidas maiores que a fé. E eis que tudo isso juntava num mesmo dia — um domingo por sinal — as tentações contra as quais pregava, escrevia e dava assistência a crentes e a descrentes.

As longas manchetes confirmavam as mal ouvidas notícias noturnas das estações de rádio, entremeadas pela estática das ondas elétricas da atmosfera. Os roncos e estalidos, piores com qualquer distúrbio do tempo, pareciam antecipar os esperados ruídos de combates iminentes, a poucos quilômetros de Resende. "Explodiu em São Paulo um movimento político-militar. Comanda as forças sublevadas o general Izidoro Dias Lopes" — dizia o *Correio da Manhã*, confirmado pelo *Jornal do Brasil* e *A Noite*. Porém *A Gazeta*, de São Paulo, distribuída clandestinamente, por vezes largada num banco qualquer, proclamava em titulares ainda maiores: "De São Paulo partiu o brado da Independência; de São Paulo também parte, agora, o brado pela Constituição." E não era difícil encontrar boletins revolucionários em lugares mais ou menos conhecidos; ou disputar nas ruas os volantes coloridos lançados dos céus pelos ousados "gaviões-de-penacho" — cabeça e crista cinzentas, asas e cauda listradas, no corpo branco as linhas vermelhas da grande ave brasileira. Boatos muitos, de rua em rua, de boca em boca. Onde a razão, onde a verdade. Como acreditar nos jornais, tantas desgraças, não poucas futilidades. "A marcha gloriosa de Cavalleiros gaúchos através de cinco estados do Brasil", que glória, ora essa, enquanto nos Estados Unidos, oh!, exclamou o reverendo, Lindbergh Junior, filho do aviador que primeiro cruzou o Atlântico sem escalas, é seqüestrado e morto. Num só dia, tantas dores no mundo, mais tragédias que venturas. E promessas. E milagres. Um novo tônico cardíaco, o Xencor, evita a insônia e as fadigas do coração, as Pílulas de Witt servem para os rins e a bexiga. E agora os titulares vibram com a guerra, as fotos, artigos.

A vida resendense, submersa nesse redemunho de verdades e mentiras, parecia mover-se no burburinho de uma metrópole, entre espanto, medo, curiosidade. Impedido de voltar à paróquia presbiteriana no Rio de Janeiro, Samuel procurava confortar crentes e amigos que a nova situação colocara na sua caminhada pastoral. Se possível, consolar todos os tristes. Mas o que dizer, se voz tivesse para tanto, à multidão que ali desembarcava diariamente, trajos e semblantes que mal permitiam distinguir um ser humano de outro ser humano. Fácil era falar do púlpito, acima de passivos ouvintes silenciosos; mais difícil dar conselhos pessoais, dia ou noite, penetrar em pecados alheios que muitas vezes perseguiam suas insônias. Faltas grandes ou pequenas, meras pendengas domésticas ou culpas imensas das quais os pecadores precisavam aliviar-se de alguma forma. *Ablue peccata, non solum faciem*. Mas nem sempre estavam dispostos a lavar os pecados, contentavam-se em lavar o rosto.

A locomotiva surge quase silenciosa na curva da estação, arrasto de carga mortal, o pecado multiplicado infinitamente; e ainda o irmão Pacífico, uma peça a mais na obscura engrenagem que movimenta o imenso comboio e sustenta no ar o aeroplano que por pouco, estrepitosamente, quase arranca o telhado da estação. O livro de Apocalipse, de exegese difícil, de repente pareceu-lhe atualizar a gravidade enigmática das últimas coisas; mas não pôde precisar que versículo lhe inspirara a semelhança com aquele estrondo vindo do céu e a massa escura e solene da máquina de ferro resfolegando seu lento avanço sobre a terra.

Levantou os olhos. O azul do céu em paz reflete-se nas finas lentes dos óculos do reverendo. Todo esse rebuliço é coisa da terra, pensou e repetiu em voz alta, coisa da terra. E como se dedilhasse no antigo harmônio da igreja, cantarolou em dó maior um dos hinos prediletos. Sol-lá-sol-dó, *bem de manhã, embora o céu sereno,* mi-sol-sol-lá-sol-sol-fá, *pareça um dia calmo anunciar, vigia e ora, o coração pequeno um temporal pode abrigar. Bem de manhã,* mi-sol-lá-sol, *e sem cessar,* mi-dó-ré-dó, *vigiar e orar,* ré-si-dó.

Samuel conhecia as 608 melodias dos *Psalmos e Hymnos*, às quais acrescentava, escrita minúscula, tinta preta indelével, outras partituras ou arranjos e variações que compunha ou corrigia no velho volume de capa preta, relíquia dos tempos de seminarista. Cânticos para todas as situações — que sabia selecionar de acordo com o sermão, casamento, batizado, enterro. (Havia também hinos de guerra, é verdade, *Eia! Oh, soldados, Crentes em Jesus! Ide, avante! À guerra Cristo vos conduz.* Eram batalhas contra todo o mal, diziam os autores, missionários de além-mar.) Então cantou mais alto, a voz de barítono crescendo no ranger das gastas ferragens do comboio; até se abafarem os ruídos de ferro no uníssono do coro dos soldados, a quatro vozes — *Corre como um rio a perfeita paz.* Naquele dia se entoará este cântico na terra, segundo o profeta Isaías: *Cantai, ó céus, alegra-te, ó terra, e vós, montes, rompei em cânticos.*

Naqueles dias coisas extraordinárias andavam acontecendo. Agora não era alucinação. A menina interrompeu o gesto de regência do reverendo, rosto meio oculto nas mechas de cabelos alourados, longo vestido rendado de cor indefinida. Disse ela, dali o senhor poderá ver melhor, e apontou para a pilha de dormentes no outro extremo da plataforma. O que carregava, perguntou. A cesta jazia envolta em finíssimo linho de brancura resplandecente. Provou o bolo, mais outro. Ah, minha mãe faz, são os primeiros que vendo hoje. Teve vontade, forças houvesse, de levantar aquele corpo de delicada inocência, exibir às engrenagens da morte aqueles olhos esverdeados de esperança, servir a todos — tomai e comei — a doce paz de um bolinho de aipim. Houvesse forças. Tivesse a coragem dos velhos profetas. Mas nem poderia alcançar os dormentes. Quantos seriam, de onde saíram tantos homens iguais espalhados ao longo da gare, rápidos, ordenados, eficientes. Eles, sim, gestos e passos precisos, tinham ciência das horas, sabiam o que fazer com aquela e outras esperas. A menina corria na direção dos dormentes. Parecia voar. Os velhos troncos irregulares, restos esgotados do peso de tantos anos, de muitos trens, agora sustentam a leveza de uma graça que acena uma paz impossível. Que nome teria — aquela futura guardiã dos filhos de Deus. Porém [em breve a sombra se dilui, se perde o anjo.]

A locomotiva freia ruidosamente o peso de sua carga, a fadiga da viagem. Mais uma vez se deu conta do carregamento humano confinado na fileira de vagões, caras e olhos debruçados sobre um tempo desconhecido. Teria vindo? Mas como reconhecer, naquele formigueiro de quepes e gorros, o rosto redondo e vermelho do tenente Pacífico. Ele também não deveria estar visível, embora vestisse o costumeiro terno azul-marinho, o chapéu cinza de abas estreitas. Voltou-se então para o enorme veículo negro imóvel ao seu lado. O cheiro familiar da caldeira em fogo invadia as narinas, aquecia os pulmões, reencontrava viagens extraordinárias.

O reverendo Samuel não escondia sua fascinação — e certo susto — pelos avanços da tecnologia moderna. Principalmente a locomotiva a vapor, os aeroplanos, os dirigíveis. E o telescópio, sua mais recente admiração — lentes, espelhos e prismas capazes de romper as barreiras entre a esfera celeste e os olhos humanos. Fragmentos, era verdade. Porém, *os céus declaram a glória de Deus e o firmamento anuncia a obra de suas mãos* — assim estava escrito, embora o salmista não dispusesse de nenhum aparato para encurtar a distância entre os planetas, nem houvesse visto jamais os anéis de Saturno. Lembrou o padre Antônio Vieira. Para Vieira tal versículo revelava o mais antigo pregador do mundo — o próprio céu. Porém lamentava que a inteligência do grande orador tivesse desmerecido a obra de Calvino e Lutero, que os tivesse chamado de infames e hereges, eles queriam era purificar a Igreja de males que os séculos foram acumulando. Mas nem seria preciso, para o padre ou qualquer outro mortal, utilizar esses artifícios modernos. Bastava ler os Salmos ou o princípio do Gênesis ou os capítulos finais do livro de Jó. E Vieira até exagerou quando disse serem os cometas vozes de Deus anunciando juízos sobre a terra. Que não profetizaria se deparasse com aeroplanos e dirigíveis atravessando nuvens e horizontes das moradas celestiais. Que não diria perante a carreira vertiginosa da locomotiva, o único desses engenhos a não se desgrudar do chão. O vapor jorra aos arrancos da fornalha ardente, obscurece a estação e as montanhas que circundam o lado poente da cidade.

Antes da revolução, nove ou dez trens diários — rápidos, expressos, noturnos, cargueiros — avançavam até o Brás, na capital paulista, e retornavam com o mesmo vigor para o Rio de Janeiro. No seu vaivém, os noturnos NP1 e NP2, os trens de aço DP1 e DP2, os expressos SP1 e SP2, além dos que já não se lembrava, marcavam o ritual de homens e crianças na contemplação respeitosa dos sinos e apitos, chegadas e partidas. Desde a última semana, porém, Resende é o destino final. Os trilhos cintilam vazios rumo às forças rebeladas. O grande relógio de ponteiros precisos obedece a outros ritmos. Outros são os personagens da estação. Os funcionários recebem ordens desconhecidas. Nas janelas do comboio caras exaustas esperam um comando qualquer.

Aos poucos se desfaz a nuvem de vapor. Samuel limpa os óculos. Volta a admirar a potência de ferro. Alavancas, serpentina, cilindros, injetores, bielas — conhece todo aquele entrosamento. Num momento pareceu-lhe estar diante de um ser entre outros seres. Aquele exuberante objeto em combustão bem poderia ajustar-se a essa indefinível fronteira entre coisas da matéria e da vida. Pois não está o reino animal permeado de indivíduos enormes, grotescos? Também o zumbido indistinto dos homens de amarelo desbotado se afigura a uma praga de grandes insetos à espera de uma revoada qualquer. Na respiração ofegante — e aquele olho aceso na fronte, em pleno dia — a locomotiva parece mais viva que todo o carregamento entulhado nas entranhas dos seus vagões.

...

Oh, Samuel. A situação era previsível. Não havia Aurora antecipado o atraso do trem, a barafunda do desembarque? Mas os deveres têm horários, esperas, desapontamentos. Por vezes sentia-se um tonto, tantas eram as paciências inúteis. Não fossem também as graças recebidas, coisas visíveis e invisíveis que se cumpriam com fidelidade. E como ser fiel no muito senão pelos caminhos do mínimo, as migalhas do cotidiano? Diziam, para sua aflição, que o rosto magro, a calvície discreta, e até o bigode bem aparado transmitiam a bendita serenidade de antigos santos. Mas tratava de se defender das delongas imprevistas. Algum livro, cartas, artigos, a minuciosa agenda de bolso em papel quadriculado. Andava encantado com a coleção Andorinha, seus contos ligeiros, uma brochura que cabia no bolso do colete; ou revolvia o passado — o [pensamento passa como um raio] —, o navio para sempre se afastando do Recife. Lá nasceu, lá cresceu, ele e sete irmãos. A gente ficou meio aperreada, como se dizia. Eis então o imenso mar no qual se movem seres sem conta. Por ele transitam navios, viajam nossos corpos, dúvidas de todos os tamanhos. Depois, na beleza agitada da capital, a família cresce e se multiplica. Os pais geraram filhos e filhas, nem foram tão longos os seus dias, e morreram. E melhor não era o tempo presente. Aurora cada dia mais pálida. Os aviões ocupam todos os espaços, e todas as aves do céu haviam fugido. Que diria aos fiéis no sermão daquela noite, domingo, dia do Senhor.

...

Não mais esperava receber o tenente — e muitos eram os Pacíficos debruçados nas janelas dos vagões. Voltaria para casa. Deu os primeiros passos, e foi envolvido pelo alarido de um comando espetacular, primeiro o som de uma corneta, depois um vozeirão que se multiplicou no eco de outros brados. Em gestos automáticos os soldados deixaram o comboio, corpos e almas revigorados por ordens precisas. Entre um mando e outro, num abrir e fechar de olhos, a praça da estação cobriu-se de uma só cor ordenada em fileiras de gestos iguais. Agora sabia qual era o versículo do Apocalipse: *Também da fumaça saíram gafanhotos para a terra, e foi-lhes dado poder como o que têm os escorpiões da terra.*

...

Espantoso. Surpreendente que tanta agitação se transformasse em súbita imobilidade e silêncio, que tais geringonças despejassem um volume maior que os limites físicos de sua composição, que o cenário transmudasse através de uma simples sucessão de comandos concisos, o poder de agregar aqueles homens, a cidade, o país, o tempo sob um controle desconhecido, um tempo restrito, é verdade, efêmero, quase nada, que as coisas eternas transcendem um dia como aquele dia, mas sentiu medo, sentiu-se quase enquadrado, talvez nem pudesse caminhar ou marcharia no ritmo binário da ordem unida, esquerda-direita-um-dois-um-dois, como localizar um mero soldado entre milhares de meros soldados, o garbo do tenente Pacífico mesclado com a semelhança, se bem que naquela ordenada confusão deveria estar o irmão na fé — que jamais havia visto fardado nem podia imaginá-lo transfigurado numa peça de guerra.

A cena ficou dentro dele toda a noite, e nos dias e noites que se seguiram. E foi possuído de grande compaixão por todos os paulistas e aqueles pobres mortais enfileirados lado a lado, tangidos para o fratricídio. Tudo mais — até a vocação pastoral — parecia pendente de um comando qualquer; ou dessa face desconhecida do tenente Pacífico — das alegrias e perplexidades daqueles dias. Desde agora e para sempre.

2

PACÍFICO VAI À GUERRA

Não fazia nem meia hora que os subúrbios ainda nevoentos do Rio haviam ficado para trás, e o mundo era totalmente outro. Confinados em velhos vagões trepidantes, os soldados estavam para desmontar-se no rangido das freadas do infindável comboio, nas ordens e contra-ordens, nas ameaças de tiro real à beira da linha de ferro — que os paulistas se aproximavam da capital; ou nas marchas a ré — pois os revoltosos se haviam rendido, era o regresso, as namoradas ainda na estação, as famílias chorando a alegria da paz. Ora, o trem. Nem parecia o extraordinário meio de transporte que corria o mundo, ligava cidades distantes, transformava pessoas estranhas em amigos fiéis até o fim da vida.

Deve ser um ensaio, disse Pacífico, um requintado plano de adestramento, prenúncio das atrocidades que se aproximam. Os acordes da guerra começam nestes estrépitos indefiníveis, cubículos malcheirosos, fagulhas que saltam da máquina a vapor e marcam os uniformes com tiros certeiros. Ou pode ser uma aventura passageira, uns nem ligam, outros se divertem, cantam, gritam a cada solavanco; depois, aos poucos, dormem e roncam num ombro qualquer. Ou então — e quase o pensamento saiu pela boca — esta viagem do inferno pertence a outro domínio, um poder superior a todos os comandos. Já sabe como começar o diário de guerra, o pequeno volume que Mariana lhe metera discretamente no bolso direito da túnica. *Quase nunca penso no diabo com seriedade, mas agora devo escrever o nome dele, Satã, o Adversário. O Diábolos manipula a situação a fim imergir o país na guerra civil. A começar pelos boatos que brotam aqui mesmo, ninguém sabe onde principiam, muito menos de que maneira voam de vagão em vagão sem nenhum obstáculo material ou espiritual que lhes barre o caminho. Assim foi nos dias de Jó. Os filhos de Deus vieram se apresentar a Iahweh, e entre eles veio também Satanás: Donde vens? Venho de dar uma volta sobre a terra, andando a esmo.*

. . .

Dois anos, insistiam os dirigentes paulistas, dois anos. A revolução de 30 levou Getúlio Vargas ao poder, porém não é mais possível tolerar a ditadura, intervenção nos estados, censura, prisões, torturas; menos ainda esse desprezo pelo poder econômico e político de São Paulo, o café, as indústrias, o labor infatigável do povo bandeirante, único prestígio do país no exterior, atração exclusiva para imigrantes europeus. Esse governo, que se proclama provisório, vai eternizar-se no poder; vangloria-se de haver acabado com os privilégios da república velha, diz ele, e inaugurado, diz ele, uma nova era para o Brasil. O Movimento Constitucionalista, se preciso for, dizem os paulistas, enfrentará pelas armas as forças federais. *E aqui estou eu, Pacífico Matos de Antunes, aqui estou no comando deste pelotão de homens juntados às pressas — caras que se igualam na ignorância das origens e conseqüências dessa revolta, ou das guerras em geral, ou do mundo tal qual ele é —, roçando-se uns nos outros em cada solavanco, muitos. Apitos agudos derretem os ouvidos, respiro o bafo morno do escasso oxigênio de pulmões alheios. Com isto, e infernais variações, tenho que conviver sabe Deus quanto tempo. Na despedida, ainda ontem, os irmãos na fé cantaram, oraram, repetiram a uma voz o Salmo 121: O Senhor guardará a tua entrada e a tua saída desde agora e para sempre.*

Abriu os olhos. Sentia asco. Remanejou alguns homens. As pálpebras pendiam de sono, as cabeças cambaleavam de cansaço. Mirou outra vez, rosto por rosto, aqueles semblantes de susto que um capricho qualquer juntou num vagão qualquer, entregues ao ziguerrear sem fim das rodas nos trilhos. Como será depois, no confronto com um exército excepcionalmente preparado, decidido a conquistar todo o país.

Cada parada espalha um odor confuso, mistura de uniformes recém-fabricados, de couro de botas e perneiras, suor, urina. Antes o combate, murmurou um sargento, pelo menos se poderá respirar. Pacífico não disse nada, tinha os lábios apertados, vomitaria se abrisse a boca para um monossílabo que fosse. As anedotas e canções foram cessando. O dia amanhece devagar sobre os povoados, ilumina uma casa de muitas janelas, brilha no couro do gado de cabeça baixa. Mulheres param de lavar roupa na beira do riacho, levantam a cabeça, depois o corpo, e respondem aos acenos dos soldados. Suas saias molhadas desenham a paz do contorno das ancas arredondadas.

...

Para sempre. No outro bolso, à esquerda, sob cartuchos prontos para explodir criaturas de Deus, a pequena Bíblia. A assinatura redonda de Mariana destaca-se entre vagos nomes dominicais. Para ela será a minha primeira escritura. A vontade de possuí-la — conhecer, diz o Gênesis — me dará forças de dia e de noite. Direi o que até agora não consegui. Escrever é mais fácil. Ou então se reveste de outras coragens na rota desse tempo sem saída. Mariana. Cabelos curtos, escorridos, negros como os olhos — dois pequenos círculos inquietos que ela às vezes os desviava, dizendo o que silenciava com os lábios cheios. Em Mariana os discretos consentimentos se assemelhavam sempre a um primeiro toque. As mãos contornam o calor de cada curva, os pequenos seios meio escondidos — e não sei onde me deter.

. . .

O trem reduz a marcha na serra das Araras, some na penumbra orvalhada dos túneis, 13. Entre um e outro, sob gritos e palmas, ressurge um sol empalidecido pela fumaceira da locomotiva. Vinte minutos de escuridão no túnel grande, mais de dois quilômetros. A fuligem amarelada cheira a enxofre, entra na tosse dos soldados.

Barra do Piraí. Uma hora de parada. Muitos descem, compram refrescos, pastéis, caminham, respiram como viajantes normais. A máquina é substituída depois de complicadas manobras. Apitos. Reembarque. O trem faz um grande esforço para retomar a velocidade. Parecia impossível sair do lugar, e agora aquele peso descomunal se destina a correr para sempre, até o território paulista, até o final da insurreição paulista. Pacífico recosta a cabeça num embornal. Sonha acordado. Acorda e continua sonhando. O mundo não podia ser outro, desde a criação? A guerra que está para começar é apenas mais uma entre todas, tantas, Deus já nem se preocupa com elas. Uma geração vai e outra geração vem. Sem falar na guerra mundial, a primeira, que outra virá. O rio Paraíba atravessa a linha férrea, afasta-se, desaparece, volta a cruzar o caminho do trem. Os primeiros suinãs começam a perder as folhas e tingem de vermelho vivo as verdes matas.

...

O estardalhaço de ferros e madeiras cessa de repente, cresce o murmúrio confuso de informações desencontradas. A parada foi mais violenta. Um soldado permanecera no vão entre dois vagões e havia caído. O corpo se misturara às engrenagens do carro, entre gonzos, truques e eixos. Foi difícil juntar os restos do morto, num saco, sob as ordens de um sargento.

Até ali não se pensara na própria morte, muitos sequer haviam apontado uma arma qualquer para um semelhante. Logo se acostumariam, repetia um coronel, será uma rotina a mais, questão de começar. Pacífico olha com repugnância. De súbito um corpo se confina num pedaço de lona. Satã resolvera endurecer o jogo — não poderia perder nenhum detalhe do espetáculo de sua preferência, essas coisas que tiveram começo em Caim e Abel e inopinadamente reencontram o seu curso. Era ele — e seus adeptos terrestres, homens, talvez alguns outros anjos decaídos. Eles. Se Deus existe, também o Diabo. Ou quem sabe — que me perdoe o Senhor — não haverá certa irmandade entre eles.

O enterro foi ali mesmo. Um coronel manda Pacífico encomendar o corpo. Isto vai acontecer muitas vezes, diz para os soldados agora emudecidos, quem morrer vai ficar no caminho, não tem caixão nem família para chorar. Fala com a certeza de quem houvesse combatido em muitas guerras, enterrado muitos mortos. As palavras não passam de um murmúrio, mas ecoam estranhamente até os confins do vale ao redor do comboio. Da meia curva do trem imóvel, todos podem ver a cerimônia da morte. Uns descem, outros aglomeram-se nas janelas dos vagões. Pacífico pede silêncio. O burburinho vai cessando. Os ruídos da viagem se transmudam numa quietude imponente. Não imaginava que tão logo haveria de abrir a Bíblia — sob uma abóbada de nuvens, templo imenso lotado da ânsia de consolo. Procura um texto. Fecha os olhos por um instante. Por que fora escolhido para a despedida do soldado? Carta de Paulo aos coríntios. Num ritual de enterro deve-se falar da revivescência do corpo, mesmo de um corpo destroçado, irreconhecível. Percorreu os versículos. Palavras adequadas. Assim é o Evangelho. De repente ressurge um trecho esquecido. A voz assemelha-se a um comando: *Por que estamos nós também a toda hora em perigo? Se, como homem, combati em Éfeso, que me aproveita se os mortos não ressuscitam? E há corpos celestes e corpos terrestres, mas uma é a glória dos celestes e outra a dos terrestres. Uma, a glória do sol, e outra a glória da lua, e outra a glória das estrelas; porque uma estrela difere em glória de outra estrela. Assim também a ressurreição dos mortos.* Fez uma pausa. Pela primeira vez, não lhe importava o mistério das certezas do apóstolo. De agora em diante não mais duvidaria. Fora preciso estar diante da morte, da carne destroçada antes do curso natural da decomposição. *Semeia-se o corpo em corrupção; ressuscitará em incorrupção. Semeia-se em ignomínia, ressuscitará em glória. Semeia-se em fraqueza, ressuscitará com vigor. Semeia-se corpo animal, ressuscitará corpo espiritual.* Mete-se o corpo num saco e ele se recompõe, desfaz os nós, remove a terra. *Todos seremos transformados. Num momento, num abrir e fechar de olhos, ao som da última trombeta; porque a trombeta soará e os mortos ressuscitarão.*

No teto do vagão o corneteiro toca a despedida. O saco é lentamente coberto de terra. Alguns permanecem com o tenente, olhando o chão revolvido, a cruz improvisada. O coronel se impacienta. Ordena a partida. Pacífico ergue o braço devagar, despede-se com uma continência — e acorda com a gargalhada dos soldados. Ele ri também, alto, abaixa a mão, apalpa o volume sagrado intato no bolso da túnica.

...

De repente, como num comando, começou o batuque. Um vagão, outro, mais outro. Era preciso esquecer o medo, o sono, os sonhos. O comboio canta no ritmo das ranhuras da linha férrea. *O teu cabelo não nega, mulata.* Mas Pacífico ainda pensa no soldado estraçalhado. *Gosto de você, mas não é muito.* De repente se está parado para sempre, reduzido a pedaços. *A.E.I.O.U.* Desceu ao inferno, subiu ao céu. *Com que roupa eu vou ao samba que você me convidou?* Creio na remissão dos pecados, na ressurreição do corpo e na vida eterna. Então cantou *Sofrer é da vida.* Mas a *Marcha do Gegê* ficou na primeira linha. Os superiores poderiam não gostar da intimidade com o presidente.

...

Mariana. Mariana não queria que eu fizesse o curso de oficial da reserva. Para quê. Chegara a repetir, no discreto sorriso de despedida, o que iria ouvir tantas vezes: onde se viu um Pacífico ir à guerra. O primeiro lugar me valeu a convocação, promessas de promoção, a carreira militar talvez. Que por ora se resume neste trajeto das trevas, num batalhão de caras abobadas; e eu vestido de tenente. Tantas vezes olhara no espelho quantas me pus a rir; ou fechei a cara, como um guerreiro de verdade, tentando combinar meus traços faciais com o quepe enterrado na testa, a túnica de sete negros botões salientes, estes bolsos descomunais. Devo ter dado uma falsa gargalhada estrondosa. Quem mandou bem fazer tudo que me mandavam, incorporar as regras militares como quem decora o catecismo. O capitão Amaro elogiava o meu comando, tentava convencer-me da importância das forças armadas para o destino da pátria: precisamos de homens sérios e mais cultos para o nosso exército.

Pacífico escrevera ao reverendo tão logo recebeu a papeleta sumária dispondo do seu futuro. O que estaria por detrás de mudanças dessa ordem, como se forças superiores subvertessem um destino reservado para outros fins? E justamente ele. Ele que havia respondido aos apelos do pastor para ingressar no seminário e tornar-se ministro da Palavra. Bem sabia que tal decisão não tinha o dom de desmobilizar forças opostas; nem tornava o reverendo cúmplice desse aparente deslize da predestinação. Outros dois seminaristas nem puderam regressar a Campinas, impedidos não somente pelo bloqueio militar como por uma possível adesão do seminário ao discurso apocalíptico da revolução — que unia o povo paulista e conseguia mais adeptos do que qualquer campanha evangelística.

Ma-ria-ná-maria-ná-ma-ria-ná, agora imitava a cadência da batida das rodas de ferro. Pode-se enlouquecer com a freqüência de um ruído que se repete indefinidamente. O cérebro pode ajustar-se ao ritmo das armas de fogo e disparar sem fim contra o inimigo, aviões, tanques, demônios. A nova missão, diferente dos ensinos que o reverendo ministrava, cumpre-se na morte — dos outros. Ou o morto sou eu, imaginava de modo vago, um descuido ainda maior lá dos altos céus.

Voltam a circular notícias alarmantes. Os constitucionalistas haviam saído de São Paulo e dominavam várias frentes. O trem será bombardeado a qualquer momento. Os paulistas dispunham de armamentos modernos de efeitos destruidores desconhecidos.

...

Passava do meio-dia. A máquina deu um silvo mais longo e freou quase maciamente, como um trem da linha normal, o atraso de sempre, não fossem tão semelhantes os passageiros e os que esperavam na estação — as mesmas caras enfaradas dentro das mesmas vestes desbotadas. Aguardam um comando qualquer. Bem sabem, não podem nem conseguem mover-se sem uma ordem. Corre o último boato: o comboio vai seguir com toda a sua carga para a linha de frente.

De súbito, mobilizado pelos mandos que explodiram de algum lugar, o tenente obedece automaticamente. Em poucos minutos, ele, seus homens e todos os vagões, um a um, despejam seus volumes humanos na plataforma, os músculos retorcidos. A fadiga cede, os nervos reativam todos os reflexos. Os corpos doridos encontram terra firme, mas o chão duro parece mover-se sob os pés entorpecidos.

Lembrou-se então Pacífico do reverendo Samuel. Ali deveria estar, pobre homem, sabe-se lá quanto tempo. Mas apenas pôde vislumbrar um vulto de bata negra, talvez um pano velho mal costurado. Barba curta, idade indefinível, imóvel como um espantalho recostado na parede debaixo do nome da estação. Samuel sorriu quando o tenente, dias depois, contou-lhe que o procurara por toda parte mas apenas era esperado por um fantasma de preto. Pois é o Vadoca, assim se chama, disse ele. Não perde nenhum funeral da cidade. Marcha em silêncio atrás de todos os enterros e é sempre o último a deixar o cemitério.

3

RUMORES

A prisão do tenente-coronel Teopompo Vasconcelos, em São Paulo, antes que os constitucionalistas fechassem as fronteiras com outros estados, agravou a crise interna entre as forças governamentais. Com ele, outros oficiais foram detidos, enviados para o Rio de Janeiro e recolhidos ao quartel do 3° Regimento de Infantaria, na Praia Vermelha. A tensão tornava os dias ora mais longos, ora a noite parecia cobrir mais cedo a cidade, e todo o prédio do Ministério da Guerra se iluminava de repente. As suspeições, possíveis ou inverossímeis, transformavam o quartel-general num campo de batalhas quase silenciosas. O major Calimério desconfiava do tenente Maia. Se ficou sabendo da prisão do Vasconcelos, que se cuide — disse ele diante de outros oficiais, ao se cruzarem no corredor. Pois quem suspeita deve estar escondendo alguma coisa — respondeu o tenente. Nada disto, retrucou o major, estamos só observando — e quase encostou-lhe o dedo no peito. Tira a mão, este é o lugar das medalhas que vou ganhar no campo de batalha. O major engrossou a voz, ou das balas, disse. Depois de uma pausa completou com sarcasmo, resta saber de que lado. O tenente avançou um passo, mas se deteve. Olhou com desprezo, levou a mão espalmada à pala do boné, bateu fortemente os calcanhares e retirou-se.

Pacífico assistira à discussão. Corria a notícia de que Maia estaria participando de reuniões clandestinas no próprio QG, altas horas da noite. Como quase todos, não descansava. Na competição dos intermináveis dias de espera, uma promoção podia depender do número de ordens cumpridas, da soma de horas sem dormir. Tênues, porém, eram os limites entre fidelidade e traição, qualquer suspeita servia. Os casos concretos tornavam a suposição generalizada, cada militar podia encarnar um traidor. O coronel Pessoa chegou a dizer que o Estado-Maior do Exército era um ninho de inimigos, constitucionalistas disfarçados.

A notícia das prisões corria com a rapidez esperada pelo comando das forças federais. O tenente-coronel Goes Monteiro, no comando das tropas legalistas, havia montado um esquema de contra-espionagem — e um sargento infiltrado na 2ª Região Militar, em São Paulo, identificara oficiais governistas envolvidos no movimento revolucionário. Porém o general Euclides de Figueiredo, primeiro comandante da rebelião, conseguia despistar o serviço secreto. Nas freqüentes viagens ao Rio, em busca de apoio para a causa paulista, não utilizava o mesmo carro em nenhum trajeto, entrava num hotel e saía pelos fundos, não dormia duas noites no mesmo lugar; ou escondia-se na casa do ex-presidente Arthur Bernardes, na rua Valparaíso. Figueiredo dizia aos companheiros que, a não ser por mero interesse, às vezes inconfessável, poucos eram os que ainda formavam ao lado do governo. E a ousadia com que os paulistas assumiam os atos preliminares da guerra civil, os apelos e ameaças dos volantes despejados nas incursões aéreas sobre a capital provocavam um estranho vigor entre os oficiais, armados, prontos para qualquer surpresa; ou lhes acentuava nas faces uma ira contida, nem sempre discreta, contra colegas de farda. O estado de guerra começava no ministério. Os dias emendavam-se nas insônias das vigílias. Percorriam-se quilômetros pelas salas e corredores, de cigarro em cigarro, bules e bules de café, que uns tantos recusavam — pois a rubiácea não era de São Paulo?

...

Tudo isto foi ontem, anteontem, semana passada, sei lá. A guerra era apenas uma burocracia raivosa. Agora, no quartel-general da Frente Leste, em Resende, a espera tem cheiro de pólvora. Qualquer ruído pode ser o começo. Neste beliche sem conforto participo de uma igualdade promíscua entre seres que nunca antes se haviam trocado sequer um olhar ou um bom-dia e agora apregoam em altas vozes seus barulhos e necessidades mais íntimas. Até que um superior qualquer invente um chamado urgente, entrar em forma sentido descansar marchar um dois um dois esquerda direita apresentar armas rastejar. Uma coisa conseguiram: tenho vontade de seguir para a frente, sair da caldeira hermética desta farda, explodir o furor que se vai acumulando. Sabe Deus se mais adiante, se porventura vier a reler estas notas, encontrarei um sinal claro dos seus obscuros desígnios. Escrevo na ordem possível desta desordem que me rodeia. Que Pacífico vá à guerra — e Pacífico regresse. Espero. Assim me dedicou Mariana este pequeno caderno de folhas ligeiramente cinza.

...

As operações militares serão rápidas e fulminantes — diziam os estrategistas governamentais, seguros de suas vantagens bélicas, geográficas, políticas. A certeza oficial, no entanto, parecia desmentida pela confusão no Ministério da Guerra e no Palácio do Catete. Alguns oficiais superiores alegavam que toda aquela movimentação não só acabaria com as débeis finanças do país, mas se transformaria numa nova frustração nacional, tal e qual a revolução de 30. Até mesmo se havia perdido o momento de entrar em ação contra os paulistas. Desde maio, dia 23, passeatas cívicas e comícios, alguns com final sangrento, eletrizavam o povo nas tardes e noites de São Paulo. Pedro de Toledo, o interventor de Vargas, rompera com o governo central, proclamara-se governador e nomeara um novo secretariado. Também era sabido que a data estabelecida pelos revolucionários para a marcha sobre o Rio de Janeiro era o 1º de julho, uma sexta-feira. Agora, era tarde para um acordo. Restava enviar tropas e conter o avanço paulista.

No começo o tenente Pacífico resistia. Dentro dele havia uma fortaleza de incredulidade. Estava um tanto convicto de que a insurreição seria solucionada politicamente; e não podia suportar a idéia de uma luta armada. Porém, mais depressa do que imaginara, foi se convencendo de que a mobilização militar tem sua própria dinâmica, começa e não pode ser estancada. A realidade do Estado militar — a eficácia dos exercícios, as teorias e práticas voltadas para a guerra, as armas e munições que irrompiam dos quartéis e do Depósito Central de Material — complementava dramaticamente o curso de preparação de oficiais da reserva, que ele concluíra brilhantemente no ano anterior. Prevalecia, no entanto, a dúvida sobre o sentido dessa reviravolta nacional, da articulação entre o seu destino pessoal e a maquinaria da morte, homens e armas integrados num mesmo propósito — do ferrolho do fuzil Mauser de quatro tempos às decisões do Palácio do Catete no Rio ou dos Campos Elísios em São Paulo. O compromisso de agora assemelha-se ao zelo de uma nova fé. Nem mais se trata de saber o que alimenta a alma dos seres humanos, o que está por detrás de todas as certezas — pelas quais uns vivem e outros morrem. Um soldado é um missionário — e imaginava o efeito dessas palavras sobre as pacíficas convicções do reverendo Samuel.

. . .

Diziam ainda os comandantes, nem sempre convictos, qual nada, os paulistas não têm mais que 25 a 30 mil aventureiros e seu território está cercado por todos os lados, nas fronteiras com o Estado do Rio, Minas e Paraná, o litoral bloqueado pelos barcos de guerra; e o sítio se completa com o cerco do Setor Fluvial da Frente de Mato Grosso, impedindo que se concretize o prometido reforço do comandante do quartel-general de Campo Grande, o general Bertholdo Klinger, à Frente Ampla Paulista. O que porém mais pesava no otimismo dos governistas eram os cento e tantos mil homens de que dispunham o Exército, a Marinha e as polícias estaduais, aparentemente fiéis a Getúlio Vargas.

Com tudo isto, os constitucionalistas não se dobravam. Exigiam participação na política nacional, fim do governo provisório, restauração da ordem constitucional, autonomia econômica de São Paulo. E mesmo reconhecendo a inferioridade numérica, confiavam na sua causa. Contavam com a participação do povo, industriais e comerciantes, no papel dos intelectuais e da Igreja. E na qualidade dos armamentos e homens distribuídos em doze frentes de combate. E mesmo tendo perdido o contingente de Mato Grosso, confiavam na promessa do apoio de Minas Gerais e do Rio Grande do Sul, talvez na revolta da Vila Militar, na capital, em adiantada conspiração.

Estes elementos pesavam na decisão do governo central. Vargas preferia a luta política, as soluções sem sangue. Um dia os assuntos resolviam-se por si mesmos, bastava algum tempo, um pouco de sabedoria e muita esperteza. Na verdade, não queria ser responsável por uma guerra civil de duração imprevisível. O serviço secreto havia confirmado: os paulistas dispunham de armas modernas inventadas no ardor de uma luta desigual. O chamado sapo obuseiro tinha alcance certeiro de três mil metros. Havia lança-chamas. Capacetes de aço. E o inexpugnável trem blindado.

O presidente sabia que atrás dessas novidades bélicas prevaleciam importantes decisões políticas, enormes recursos financeiros, grande força moral. Mas conseguiu uma primeira vitória: remover as alianças entre republicanos e libertadores, perrepistas e democráticos; e desbaratar a participação de Minas e do Rio Grande no movimento paulista. Ainda assim, discordavam militares e políticos quanto aos métodos e o momento de ação. Vargas, contudo, não manifestava suas dúvidas. Controlava a situação com irritante tranqüilidade, mantendo sua autoridade nas decisões finais. E ainda ria com estrondo, dentes alvos, perfeitos, das críticas, elogios e anedotas dos jornais e revistas do Rio e de São Paulo.

— Viu a última da *Careta*, presidente? — perguntou Goes Monteiro. E antes que Getúlio respondesse: — Vossa Excelência está numa elevação com um binóculo, sondando o horizonte. Está vendo o inimigo?, pergunta o ministro José Américo. Sabe o que o senhor responde? — E se antecipa à risada do presidente. — Vossa Excelência diz: Vejo os que estão longe. Para os de perto não preciso de binóculo.

Ri o presidente, riem todos. A presença do chefe, suas gargalhadas e até os silêncios geravam confiança e otimismo. Vargas era um mito, um mágico da política, o salvador da Pátria. Sua excelência ainda olha com malícia e sacode o charuto num grande cinzeiro de alabastro.

...

Outra vez também fiquei pendente de um amor impossível. Querido Pacífico, sua mensagem de domingo foi prodigiosa e me tocou mais do que muitas arengas teológicas, sermões-tese, cheios de erudição mas escassos de consolação. (Às vezes penso que tudo que você diz me toca, mas não é bem assim.) Apenas me ficou a dúvida se as esperanças que a Bíblia (ou você) anuncia estão no terreno da realidade. Elas se alimentam, me parece, de belas palavras; mas nossas ações terrenas quase nunca, para não dizer jamais, encarnam tão comoventes idéias. Como vê, você provoca contradições insolúveis. Eu continuo esperando. Sempre, Esperança.

Assim se chamava. Assim se chama. Poderíamos estar unidos para sempre, até que Deus nos separasse. Durante algum tempo nem consegui pregar e aplicar as regras de hermenêutica e homilética ensinadas pelo reverendo. Maldita guerra. E entre irmãos. Se é que toda guerra não é fratricida. Nunca pensei em matar um russo, um chinês ou um alemão — e não é que terei que puxar o gatilho contra um brasileiro, mesmo sendo um paulista? Agora já sei, se é que sonhei mesmo, o soldado que caiu do trem preferiu morrer para não matar nenhum corpo, nenhuma alma, não arrastar remorso algum pela vida afora. Nem ter amores para rememorar.

...

O coronel Goes parecia bem informado. Tratava de documentar-se antes de expor ao presidente as justificativas para ampliar o orçamento militar, importar armamentos modernos, conseguir o apoio e a bênção da Igreja — que os púlpitos bem poderiam facilitar a pregação contra o comunismo. Logo nos primeiros dias de julho, Vargas autorizou um crédito especial de 20 mil contos de réis para as operações de guerra.

O coronel obtinha quase tudo com o presidente. Goes Monteiro havia comandado a revolução de 30, conduzira Vargas ao poder — e ele não era homem de esquecer essas coisas. Além disso, Goes era da cavalaria — e Getúlio apreciava os cavalarianos, seu garbo, o domínio sobre a braveza do animal, o vaivém, a precisão do próximo passo, aparentemente imprevisível.

A situação em 32, contudo, era muito mais complexa do que em 1930 — e o presidente não estava totalmente convencido da capacidade de Pedro Aurélio de Goes Monteiro em captar as implicações nacionais e internacionais do movimento de rebeldia do mais forte estado da Federação. Era preciso limitar o seu papel, utilizar sua eficiência como comandante, mas cortar os pretensiosos discursos e as ambições políticas. Também não comentava, e tampouco proibia, as informações contraditórias que o comando divulgava entre os soldados e para a opinião pública. Nem mesmo quando se dizia, vamos combater não apenas os maus paulistas rancorosos, mas também estrangeiros comunistas e italianos que seguem as ordens de Mussolini. Dizia-se ainda, o nosso mais rico estado quer declarar a independência, desmembrar o mapa do Brasil, sujar a nossa história com a fundação da República Comunista de São Paulo, sob a presidência do conde Francisco Matarazzo.

Não agir com precipitação. Nunca. Nem responder de imediato. Getúlio retirava solenemente o invólucro personalizado do charuto, fazia questão de acender a chama; e aspirava com placidez as pequenas nuvens que ofuscavam por momentos as pinturas do salão de reuniões do Palácio do Catete. E divertia-se com alguns olhares complacentes acompanhando as incertas baforadas, como se sua palavra final estivesse sujeita a esse silencioso ritual esbranquiçado.

. . .

— Meu tenente, o coronel está chamando, urgente, três us, tenente.

Um inferno. Nem se havia recuperado dos enfados da viagem, da canseira das dúvidas e boatos. Pacífico deixou o alojamento do Grupo Escolar João Maia, cruzou a praça Oliveira Botelho, desceu a íngreme ladeira na direção da ponte de ferro. A cidade parece mirar-se na vagarosa correnteza barrenta. A torre da Matriz de Nossa Senhora da Conceição, casas, árvores, nuvens estão [imóveis no meio do grande rio]. Ao longe as montanhas expandem um azul vivo, puríssimo, como se a floresta houvesse mudado de cor.

O coronel Dantas estava irritado, em pé no fundo do salão do imponente casarão da fazenda Bulhões — quase 100 anos de cafezais, de cachaça envelhecida, de móveis ainda mais antigos — agora requisitada para finalidades bélicas. Pacífico havia parado diante da extensa fachada, contara os janelões, 11, ornados com sacadas de ferro. O coronel só falou quando o silêncio se tornou absoluto.

— Que diabo aconteceu na viagem de hoje? Se diz até que um soldado caiu do trem — ou cometeu suicídio. Ficaria em pedaços — riu com sarcasmo —, queria ver quem iria recolher os restos, quem daria a notícia à família. A disciplina militar não tolera boatos.

Pacífico estava confuso. Não se lembrava de qualquer comentário seu a respeito. O coronel assumiu um ar professoral, falava quase sem pausas.

— Os senhores certamente já leram em Victor Hugo a descrição da batalha de Waterloo. Aquilo, sim, é que era guerra, isto aqui é brincadeira. Mas sempre podemos aprender alguma coisa com ingleses e franceses do século passado, quando Napoleão foi vencido. Como diziam os guerreiros de então, ou talvez o autor, a guerra tem medonhas belezas, mas também fealdades, uma das mais surpreendentes é o despimento dos mortos depois da ação, a população civil tirando tudo, largando os corpos vazios para a rapinagem seguinte, de aves e feras. Para quem não sabe, ou não se lembra, está lá em *Os miseráveis*.

A sabedoria do coronel não pareceu sensibilizar os homens. Mudou o tom da voz:

— Amanhã os senhores receberão ordens quanto aos preparativos para a partida. Comuniquem aos comandados que após a formatura, às seis horas, terão folga no resto do dia.

Os oficiais deram um hurra.

— Não, antes de se retirarem, sentido! Os senhores deixaram o samba invadir o trem, como se estivessem num carnaval. Se é que não cantaram e batucaram também. Deveriam é ter recordado os hinos pátrios.

Fez silêncio. Depois todos acompanharam sua voz entoada: Nós somos da Pátria amada fiéis soldados por ela amados. Nas cores da nossa farda rebrilha a glória, fulge a vitória. A paz queremos com fervor, a guerra só nos causa dor...

4

TUDO ISTO TE DAREI

Pacífico não havia estado antes em Resende. Sabia porém bastante, mais pelo que o reverendo contava, como se narrasse os detalhes do seu dia-a-dia na hora do jantar, que pelas informações estratégicas dos instrutores militares.

Podia enfim aproveitar a primeira folga, deixar-se levar sem pressa, passo normal, o olhar vagando de casa em casa, deslizando pelo rio silencioso, projetando-se na cordilheira distante. O ritmo dos habitantes não parecia alterado na ocupação dos espaços cotidianos. Está de volta à infância, semelhanças e diferenças de mais uma cidade no itinerário de suas migrações — memória de outras janelas coloridas no casario branco, ladeiras e pequenas chapadas por onde ruas estreitas e pequenas praças se arrumam sob um mesmo céu descomunal. Um dia, mal saíra o sol, o pai reuniu os cinco filhos, chamou a mulher, vamos para o Sul, o trabalho, a escola. As praias? Hesitou, também há praias, pigarreou, não tão belas, olhou ao redor, sem coqueiros. Pacífico contempla de novo as montanhas, de tão altas quase tocam os céus como ondas imensas imobilizadas no tempo. Nunca mais voltaram, promessa que o pai não teve tempo nem saúde para cumprir. Até o rio se assemelha ao São Francisco, nem tão largo, porém o mesmo vagaroso escorrer de águas escuras. Mas em Resende o Paraíba do Sul divide a cidade, de um lado, nos altos, ostentosas moradias do século XVIII; na planura dos baixios, com o nome opulento de Campos Elísios, um comércio incipiente e casas modestas quase encostam na correnteza do Paraíba.

Primeiro, na busca do ouro, chegaram os faiscadores. Depois se instalaram os ranchos das tropas, muito antes que os fazendeiros fossem abrindo estradas e construindo o centro urbano de Resende. Já então o gado havia desfeito as lavouras de mandioca e de algodão dos primeiros habitantes, os índios Puris. Contra a boiada que os invasores soltavam nas plantações, deu-se o levante dos índios, chefiados pelo cacique Mariquita, só resolvido pela mediação do padre. Resende era um pequeno arraial. E do nome antigo e suntuoso, juntando história, geografia e religião — Nossa Senhora da Conceição do Campo Alegre da Paraíba Nova —, não ficou nenhuma palavra. Prevaleceu em 1801, como município, a homenagem ao quinto vice-rei e governador do Brasil, de nome José Luiz de Castro Resende, conde, senhor português de muitos algozes. Para uns, sem muita certeza, responsável pela execução de Tiradentes e do incêndio que destruiu o arquivo do Senado do Rio de Janeiro. Para outros, um grande e honesto administrador, criador da vila de Resende, onde fundou, com apoio do príncipe regente D. João, a Casa do Trem da Artilharia.

...

Pacífico é esperado a qualquer momento. Toda a casa participa da chegada do irmão na mesma fé, agora um soldado, um tenente, a presença da guerra. Cada pessoa da família arruma o que pode. Aurora, de sua espreguiçadeira, vai dizendo o que fazer. Maria Rita, a mãe, muda os panos de renda das mesas e da *étagère*. Samuel arranja livros, revistas, ordena as partituras na estante na sala do piano. Uma visita é sempre um motivo para remexer a casa, encontrar coisas desaparecidas. Sua *Pequena phantasia para pianoforte*, composta no Maranhão, em 1903, reapareceu entre revistas antigas. Pedro faz pequenos reparos na sua cidade de brinquedo.

— Preciso de açúcar para a sobremesa e o café — disse Maria Rita. — Não é de doce de abóbora que ele gosta? Será que vem mesmo?

— Virá, D. Ritinha, virá — respondeu Samuel. Lembrou-se, mas não disse, que a sogra sempre duvidava. — Como não vem? Pois a senhora não vai fazer doce de jerimum?

— De abóbora, Samuel, de abóbora!

Não era só o tenente Pacífico. Benedito também estava para chegar naquele dia, talvez no seguinte. Maria Rita fala no filho o tempo todo. Tem medo que se confirme a notícia do cancelamento da viagem do último trem de São Paulo para o Rio de Janeiro, autorizada depois de intensas negociações. Ela desconfia de outras coisas, de quase tudo. Os médicos erram mais do que acertam. Cada governo é pior do que o anterior. Cada invenção parece aumentar a infelicidade geral. E Deus? Com Deus não se brinca — e fazia o sinal-da-cruz.

— Venha ou não venha — recomeçou —, a guerra está aí. Getúlio devia entregar o poder, fazer um acordo com os paulistas. O que vai ser de nós, da Aninha, da Sinhá, do Júlio, da Irene lá em São Paulo — e a voz tremia, os olhos molhavam-se. — Graças a Deus que Benedito está vindo. Será que ele conseguiu embarcar?

Continuou falando, repetindo as mesmas coisas. Por vezes sacode o rosto enrugado coberto de cabelos alvíssimos, os óculos sempre escorregando. De vez em quando tira do bolso da saia preta uma pitada de rapé e aspira forte, disfarçando o que todos viam e sabiam. Anda por todos os aposentos da casa, inquieta, como se procurasse coisas há tempos desaparecidas. De repente, em silêncio, senta-se na cadeira de balanço, para lá para cá, o passado vai e volta num rangido incômodo. As mãos apertam o contorno dos braços torneados como para sustentar o peso do corpo, a canseira e o enfado dos anos. No quintal costumava recolher flores de astrapéia, de preferência as amarelas, e esfregá-las nos sapatos pretos sempre brilhantes. Inútil contestar a falação de sempre, as preocupações que haviam nascido com ela e crescido nas intermináveis disputas com as irmãs, depois com o marido e os dois filhos. Não demora muito e está novamente de pé, agitada. Volta a acalmar-se ante o retrato do lado paterno da família de Samuel. Reconta e renomeia cada personagem das duas ou três gerações ali emolduradas: os oito de trás, em pé; depois, intercalados entre eles, outros seis; e na primeira fila, sentados, as meninas e os meninos. Aí somava o conjunto, para assegurar-se de que lá estavam de corpo inteiro, olhando para ela, complacentes. Contando as crianças de colo, 31 pessoas, todas da mesma grande família. Cada rosto [oculta sintomas, segredos biográficos.] Não se lembrava de nenhuma fotografia igual estampando os seus próprios ascendentes e descendentes. Na verdade, de sua parte, nunca se haviam reunido para uma cerimônia eterna como aquela. Porém aqueles, mesmo quando partirem, transformar-se-ão em imagens permanentes. Como a de Belmiro, falecido há poucos meses, pai de Samuel e de seus sete irmãos. Quem será o próximo [no tempo morto da fotografia] — e resmunga, na tristeza de que os lindos olhos de Aurora em breve não passarão de uma imagem para sempre imobilizada.

Viúva, só e envelhecida, Maria Rita circulava de casa em casa, mudando-se cada vez que as relações ultrapassavam os limites da tolerância. Pelo menos todos suportavam o vício do rapé, que ela guardava numa latinha colorida e sorvia com ardor narinas adentro. Uma vez Samuel repreendeu a sogra: dava mau exemplo, prejudicava a saúde. D. Ritinha contestou convicta: o rapé fazia bem, secava a abundância dos humores do estômago e afastava os miasmas. E mais, as folhas frescas da *Nicotiana tabacum*, postas sobre o ventre, diminuem as cólicas. E completou: não lhe ofereço uma pitada, Samuel, porque conselho e tabaco dá-se a quem pede. Tinha sempre algum provérbio para situações inesperadas. O reverendo não voltou ao assunto.

Samuel também não gostava do seu costume de assoprar a nata gordurosa do leite, com força, antes de servir o café da manhã ou o lanche da tarde. Muito mais incômodo para ele, porém, eram os resquícios de hábitos católicos que a sogra conservava em superstições e persignações. Todos os dias, às seis da tarde, ao som do rádio, Maria Rita saudava o ângelus com o sinal-da-cruz; e os repetia quando os sinos da matriz tangiam o anúncio de procissões ou missas, lembrando aos fiéis seus deveres piedosos; ou ainda acompanhando da janela os enterros a caminho do cemitério, rezando pelo defunto e pela dedicação de Vadoca a todos os mortos.

...

Muito antes de a cidade transformar-se numa praça de guerra, o vale do Paraíba era conhecido como o vale da escravatura, de centenas de grandes fazendas, muitos senhores — restos do desmembramento da sesmaria de Simão da Cunha Gago; dos ciclos de diferentes cultivos e colonizações de países distantes. Portugueses, chineses, alemães, suíços. Café, pecuária, cana de açúcar. Sírio-libaneses, judeus, finlandeses. O cultivo do café, pioneiro em todo o vale, começou com um bispo, passou para um padre e se espalhou por Minas Gerais e São Paulo. Para o Rio de Janeiro o café descia em grandes chatas pelo rio Paraíba, até Barra do Piraí; e daí era embarcado pela ferrovia. Mas o gado ainda ocupa pastagens de muitas léguas de extensão, enquanto a cana se multiplicou em engenhos e aguardentes, para lamentação do reverendo. Com a imigração e a diversidade das economias, expandiram-se as terras pelas matas do Itatiaia; e de suas altitudes rios e riachos de límpida transparência vêm engrossar a emaranhada rede da bacia do Paraíba — antes, segundo a língua tupi, o rio das águas claras. Nos verões chuvosos, quase todos, o transbordamento é sempre violento e transfigura a paisagem. As águas cobrem ruas, entram nas casas da cidade baixa, alcançam os trilhos da estrada de ferro. Uma enchente, a de 1833, carregou a ponte que ligava as duas partes de Resende. E o tempo acabou com a segunda, também de madeira.

. . .

Depois da faxina sentam-se todos na sala grande. De um lado, próximo à cozinha, a mesa de refeições ornada com uma gamela sobre o pano branco bordado por Maria Rita; de outro, igualmente iluminado por amplas janelas, os móveis da sala de visitas. Uma porta sai para o corredor que conduz à entrada da casa, outra leva ao quarto de Aurora. Era um gesto costumeiro deixar-se ficar a seu lado, lendo, conversando, esperando alguma visita; ou contando as horas nas velhas pancadas de um Ansonia, relíquia de uma geração que se fora — como se aqueles metódicos ponteiros estivessem para marcar a esperança de uma cura.

O doutor Paixão sempre vinha, uma, duas vezes por semana. Depois dos exames de rotina, ficava para conversar; ou provocar, na sua mansa incredulidade, as convicções do reverendo Samuel. A princípio Aurora se molestava com essas reuniões à sua roda, voltadas para ela, para a sua doença. Porém foi descobrindo, entre pioras e melhoras, o quanto a convivência familiar conseguia superar as circunstâncias, aliviar a fraqueza e as dúvidas que cresciam dentro dela. E até nos silêncios de algum assunto que se esgotava naturalmente, ou na tosse que a deixava constrangida, infeliz, tentava suplantar o curso inevitável da moléstia. Bichinho, o enorme gato rajado, integrava a família roçando-se na solidariedade das vagarosas tardes resendenses, arrastando seus dez ou onze anos sem maiores inquietudes. [E se deita depois num lento revirar ignorado.]

Da sala grande podia-se ver a ponte de ferro do trem. Algumas vezes no dia, em horários não muito regulares, a quietude era quebrada pelos apitos e a zoeira das rodas distantes, cruzando a extensa travessia do rio Paraíba. Quando Samuel viajava, nos tempos de paz, fazia parte do ritual doméstico sacudir um pano branco em resposta ao [lenço branco que esvoaçava] na janela do vagão que o levava de volta à capital — visão que perduraria para sempre: a família debruçada no parapeito do janelão, despedindo-se de um pontinho branco movendo-se no movimento do comboio. Pedro era o mais animado. Depois ia brincar na sua Cidade e ficava imaginando o trem como um réptil descomunal soltando a baforada escura de sua ruidosa respiração.

...

Pacífico vai devagar, não perde nenhum acidente. Sonda os sobrados, as esquinas, alcança a nova ponte montada no começo do século. As engrenagens de ferro, para durar gerações, vieram da Bélgica. Conta as passadas, mais de 200 metros. Na pista estreita, entre charretes e tílburis, carroças e troles, e um e outro Ford 29, haveria de passar muitas vezes, algumas na espera de que varas de porcos ou carros de bois, ou mesmo uma boiada inteira a caminho da invernada, terminassem a travessia, deixando no chão suas placas de bosta; ou então subindo nas grades, como se fazia, para dar passagem aos animais. Mas, ao contrário do que acontecia com o povo da cidade, obrigado a esse trajeto único, o cheiro exalado, os roncos e mugidos causavam-lhe um inexplicável prazer.

Sobe a rua 15 de Novembro, paralela à Padre Marques, onde morava o reverendo. Ele sempre o corrigia, não, não fora mais do que um instrumento nas mãos de Deus para a sua conversão à fé evangélica. Agora precisava das orações do pastor, da bênção dos seus lábios, como aquele óleo precioso que descia sobre a barba, a barba de Aarão, e pela orla dos seus vestidos. A praça do Centenário está deserta. Podia ser uma estátua encantada aquele rosto de mulher num sobrado de outro século, beleza do passado pousada na moldura azul da janela sob a verga de madeira enfeitada com uma toalha de fino brocado. Os olhos seguem devagar a caminhada do tenente. Está só, desejou ele. Vai me convidar para entrar, cobiçou. Será tudo muito calmo, despojado de medos e culpas, no silêncio de uma tarde ainda de paz, sem nomes, apenas uma vaga promessa de volta. Os seios fartos, apoiados na beirada de madeira, saltam de uma blusa de não muitos botões. Apressou então os passos da tentação.

No final da rua, uma subida mais íngreme. À esquerda, a capela do Senhor dos Passos na planície quase inabitada do Alto dos Passos, onde o cemitério marca o limite extremo da cidade. A fachada centenária do templo reflete as fulgurações do sol da tarde. Pacífico cerra os olhos até acostumar-se com a brancura brilhante da desnudada arquitetura, então surge a escada de pedra, a pequena torre triangular, a cruz que ascende para o céu avermelhado. Sobe os poucos degraus. Deve ser a casa do reverendo, na rua que desce à direita. Sobre as paredes brancas os caixilhos de vidro das janelas azuis repetem as cores do dia que se finda. O beiral escurecido destaca-se do telhado colonial. Voltou-se para o trajeto percorrido, quase toda a cidade, agora lá embaixo, a seus pés. Nas ruas movem-se pequenas peças, como um brinquedo, nem parecem exemplares dos habitantes de Resende ou dos invasores de farda recém-chegados. Além do casario, os vales e montes, rios e estradas. Depois, ainda mais longe, os limites imaginários de Minas, São Paulo e Rio de Janeiro se confundem no maciço do Itatiaia — agudo dente, rochosos dentes pontiagudos, como queriam dizer os índios. Então, muito mais além, o mundo, o planeta na sua rotação infinita, mares e rios e afluentes de rios, outros e outros habitantes e povos, mulheres debruçadas sobre o silêncio de beirais coloridos. Lança-te de aqui abaixo e os anjos tomar-te-ão nas mãos para que nunca tropeces em alguma pedra. Tudo isto será teu. Atravessarei os campos de batalha sem que bala alguma me cause dano algum. Não, mudarei primeiro o coração dos homens e não haverá mais guerras nem rumores de guerra.

Ouviu vozes através da porta entreaberta, mas não se moveu. Seriam poucos os fiéis na missa da tarde. Padre Nosso que estais no céu, rezavam pausadamente, santificado seja vosso nome. Juntou-se à sexta petição, mas disse — E não me deixes cair em tentação. Não pôde precisar quanto tempo — tudo muito rápido, tudo muito lento. Até que o dia se foi extinguindo e começaram a brilhar as luzes dos lampiões no desenho das ruas e no reflexo das águas do Paraíba. Não me deixes cair em tentação.

Então o diabo o deixou.

5

O QUE HÁ DE SER TAMBÉM JÁ FOI

Às sete horas da manhã Benedito pegou o trem no Brás, em São Paulo. Deixou que o comboio arrancasse sua marcha solene e agarrou-se no balaústre como quem escapa de um pesadelo. Dos degraus do vagão acenou para Carolina. Ela respondeu num gesto vagaroso, discreto, ainda acalentada pelos versos que o poeta lhe dedicara na véspera. Ninguém mais para despedir-se. A mulher e os filhos estão no interior, os colegas haviam substituído o trabalho pela distribuição de folhetos conclamando à revolução e ao voluntariado.

Benedito permaneceu alguns minutos na entrada do vagão. A velocidade aumentava e trazia de volta a segurança perdida na agitação das últimas semanas. Assim também escapava dos comícios e discursos, da feira política em que se transformara a Paulicéia, das freqüentes escaramuças entre constitucionalistas e governistas. Um vizinho seu, defensor de um mandato permanente para Getúlio Vargas, levara uma rajada de submetralhadora ao entrar em casa. Dois meses antes, quatro estudantes, um deles com 14 anos, haviam sido mortos num tiroteio. As iniciais dos seus nomes — Miragaia,

Martins, Dráusio e Camargo — se transformaram num movimento, o MMDC, que levantou os ânimos e virou ordem de luta quando os combates começaram: Mata Mineiro Degola Carioca. Benedito não podia imaginar uma luta entre irmãos. Não bastavam as recentes revoluções de 24, de 30? O que haviam feito os tenentes com a vitória da Aliança Liberal, a deposição de Washington Luís? Agora Getúlio Vargas centralizava o poder, fechara o Senado, a Câmara, Assembléias. Com isto não podia concordar. E nada havia mudado no país; nem no mundo depois dos quatro anos da conflagração de 1914. E agora esses bolivianos e paraguaios se acabando na guerra do Chaco. E os 100 mil brasileiros que morreram na guerra do Paraguai?

Sentou-se ao lado de um senhor, dois outros à frente. Bom dia, bom dia. Benedito estava surpreso, pensava que o trem estaria lotado. Colocou a valise e o chapéu de feltro na prateleira. Olhou bem os vizinhos, prósperos, ternos de casimira inglesa, sapatos lustrosos de cromo alemão. Bigode, os três, coisa mais inútil. Um tem os olhos ampliados por um par de lentes grossíssimas e olha com dificuldade o relógio que retira com freqüência do bolso do colete pela corrente de ouro. Saímos na hora. Resta saber quando chegaremos, comenta o segundo. Se chegarmos, acrescenta o outro, exalando uma baforada de fumaça. E abaixando a voz: é o último trem entre São Paulo e a capital. De agora em diante toda a estrada de ferro, pelo menos até Cruzeiro, estará a serviço da revolução. Estão loucos, completou quase num murmúrio, como se quisesse saber a opinião do novo passageiro.

Sorriem, apresentam-se. Benedito não diz o sobrenome, sempre perguntavam se era parente de Oswaldo Aranha. Iam para o Rio de Janeiro, os três. Um tinha negócios que a situação poderia pôr a perder; outro era de Franca e pretendia fabricar botas em quantidade para o exército governista, pois os paulistas somente queriam doações; o terceiro ia ver a família na capital.

Eu vou até Resende — disse Benedito Aranha. E em Mogi das Cruzes pediu licença, alegou não suportar cigarros, apanhou a valise e o chapéu e foi sentar-se sozinho.

. . .

Havia participado, era verdade, de algumas reuniões da Legião Revolucionária, fundada pelo general Miguel Costa, na certeza de que tudo se resolveria pacificamente. Chegara a doar umas poucas jóias, ornamentos que uma geração passava para outra, dedos e orelhas que nem mais existem, alegria passageira de luxos inúteis. Rapidamente a campanha "Dê ouro para o bem de São Paulo" se transformara num movimento de grandes proporções, em sacos e sacos de riquezas incontáveis, dinheiro, gado, roupas, imagens de ouro que deixavam vazios altares das fazendas e mansões da avenida Paulista. Nunca se deu tanto — e muitos descobriram, até mesmo com certa surpresa e algum desgosto, que tinham coisas em excesso, que em suas vidas, por mais que durassem, não teriam como gozar tamanhas fortunas.

Naquela mobilização e entusiasmo Benedito percebera o avanço de uma histeria incontrolável, principalmente a partir da chegada do general Bertholdo Klinger. Primeiro, deixou de usar a braçadeira vermelha, símbolo da sedição. Pouco depois, abandonou o movimento. Foi quando leu, entre risos e repugnância, um desses folhetos que caíam diariamente sobre as ruas, com a regularidade das garoas do inverno: "Acresce, avoluma-se o sentimento de revolta, a indignação. A fagulha fez-se chama e a chama incêndio. O indiferentismo paulista some-se por encanto. Todos os lares esbraseiam-se em áscuas de ira e revolta. Forma-se uma atmosfera eletrificada, cruzada de relâmpagos, pronta a deflagrar em temporal e ciclone, no primeiro abalo que lhe rompa o equilíbrio..."

Todas as palavras — fossem estas ou outras menos estúpidas — podem adquirir um impulso próprio, transformar-se em verdades absolutas submissas ao poder vigente. As manchetes de *O Estado de S. Paulo*, de *A Gazeta*, do *Correio da Tarde* arrebatavam o povo. Era o maná esperado nos primeiros minutos das madrugadas enevoadas. Às vezes comprava também a *Folha da Noite* e o *Diário da Noite*.

Os jornais pareciam articular uma só voz, como se à noite os editores ajustassem palavras de ordem, que se reproduziam nas estações de rádio, nas igrejas, clubes, organizações femininas, grupos de escoteiros, nos lares e nos negócios. Entre apelos e condenações, apregoava-se o desprezo do governo provisório por São Paulo: Vargas nada havia feito para restabelecer o mercado do café, a economia de São Paulo desabava. Trinta milhões de sacas estocadas, sem destino. Dois milhões de desempregados, 400 mil só em São Paulo. Fora Getúlio, morte ao ditador!

"Mães paulistas, Ensinai aos vossos Filhos, que o sangue nada vale pelo que corre, humanamente, nas veias, mas pelo que palpita divinamente no Coração! Que filhos que vêm da honra, morrem com honra, pela Honra! Esposas e noivas de minha Terra! Afirmai aos vossos maridos, aos vossos prometidos, que o Amor não se prova pelo que se obtém, mas pelo que denuncia! Que não há lar livre, em terra escrava! Meus patrícios! Olhai! Lá fora estão passando os funerais da nossa geração e do nosso Pudor! E então Homens?"

Assim havia lido e assim atirara *A Gazeta* para um lado.

...

O comboio parecia correr mais do que em outras viagens. Os muros rotos dos subúrbios depressa desapareceram. Verdes sem fim desenham fazendas, campos, o gado disperso, a paz dos casarões de muitas janelas desertas. Apanha o livro de José Lins do Rego, elogiado pela crítica. Pretendia dá-lo a Pedro, mas desiste depois de correr os olhos. Samuel não gostaria que o filho conhecesse as artimanhas impuras daquele menino de engenho. Abre o relógio de bolso, lembrança do pai. Eram tão poucas as reminiscências materiais de Alfredo, que Benedito se sentia herdeiro de um tesouro. Esquadrinha os detalhes do Vacheron, sob a lâmina de prata, um Remontoir número 257751. Nas letras desenhadas, quase apagadas, leu com dificuldade: *Ancre ligne droit*. Era tudo assim: bens móveis, coisas que peregrinavam com o pai pelas fazendas que administrava, ora uma, ora outra, que não parava muito tempo em nenhum lugar. Cuidava de bois e vacas, chás e engenhos; ou de matas virgens de jequitibás imensos. Genioso. Muitas vezes deixava a família dias ou semanas sem notícias. Voltava sempre, como um marido pródigo, e reiniciava um novo ciclo de generosidades. A mãe imaginava andanças com mulheres, fazendo o que ela não permitia; mas não tinha coragem sequer de perguntar onde estivera. Alfredo possuía muitos relógios, adornos de cujo valor talvez não suspeitasse. Alguns livros raros. Num puxado atrás da casa, em Piraçununga, guardava os arreios, mais de dez, estribos de madeira e de metal, um deles decorado com lanternas. Fora as selas, tudo caberia num baú.

...

O chefe do trem passa com o ajudante. Verifica os bilhetes, fura-os com o picotador. Atrás deles um servente anota os passageiros para o carro-restaurante.

..

Tenho dele lembranças barulhentas, murros na mesa, pisos de madeira que estrondeavam com a força de suas botas. Nada que se compare a este silencioso relógio. Para ouvi-lo só mesmo grudando o ouvido no mostrador de ponteiros delgados, marcação invisível do seu tempo, agora do meu, dos horários de todos os trens. Quando marcará o final desta revolução estúpida, quanto tempo de vida dará à minha irmã, maldita tuberculose, morrer antes de mim, preceder nossa mãe no reino da eternidade. A família diminui. Somos só dois irmãos, Aurora e eu. Eram seis os irmãos de nossa mãe; eram treze os filhos de nosso bisavô Marcellino, fazendeiro e também administrador da fazenda Monte Alegre, do marquês do mesmo nome, ex-regente do Império e presidente da província.

Meu avô, ao contrário, era tão metódico quanto as pancadas do relógio de parede que soava as horas a cada quinze minutos, deixando um eco macio nos grandes espaços da casa. Cada aposento, pé-direito desmesurado, guardava para sempre os passos respeitosos da família. Nessas amplitudes, como se nos procurássemos, encontrava Maria do Carmo, a Carminha, alegria e confusão de minha alma imatura, meu corpo inconcluso. Na entremanhã de cada dia saíamos abraçados apalpando o nevoeiro que sobrava da noite para tomar leite com espuma no curral. Parente chegada, era verdade. Mas não havia o bisavô Marcellino se casado com uma prima?

...

O restaurante está cheio. As pessoas falam baixo, como convém num tempo de ameaças e confidências. Os silêncios têm uma conotação litúrgica, mais ainda no zunzum de vozes abafadas como numa reza prolongada. Uma senhora e uma senhorita sentam-se à mesma mesa, à frente. Benedito olha com espanto. E se fosse a Carminha, com esse cabelo igual descendo pelos ombros? Ao lado, um sacerdote. Folheava a *Revista da Semana*, vejam só, disse sem maiores preâmbulos, uma mulher, a primeira, a norte-americana Amelia Earhart, acaba de atravessar sozinha o Atlântico em 13 horas e 15 minutos. Ganhou o apelido de Girl Lindbergh. Em Roma comemorou-se o cinqüentenário da morte de Anita Garibaldi, e até Mussolini esteve presente. As mulheres estão em destaque, acrescenta com um sorriso. Vejam só a capa da revista, sempre uma bela dona, roupas assaz coloridas. O padre entremeava frases confusas sobre a política nacional. Italiano, percebia-se o sotaque. A senhora e a jovem pareciam incomodadas, talvez porque às vezes elevasse o tom da voz; ou pelo rosto sardento, pegajoso, que se aproximava cada vez que dava ênfase a alguma palavra. Benedito aproveitou uma pausa e tratou de mudar o tema: que tal se cada um contasse quem é, de onde vem, para onde vai?

 A senhora sorriu, discreta: não era muito comum duas mulheres viajarem sós, mas os homens da família, os senhores sabem, estão muito ocupados nestes dias. Acrescentou, muitas mulheres também, os senhores sabem. Vinham de Piracicaba. A filha ia passar as férias com as primas, no Rio. O padre nascera em Trieste e apenas falou das maravilhas da Chiesa di S. Antonio Nuovo, a cúpula altíssima da grande nave, as colunas externas refletindo-se deliberadamente no mar. No outro extremo, as duas torres se voltam para a cidade, cuja metódica ascensão vai até a fronteira próxima com a Iugoslávia.

 O padre parecia transportado para a transcendência de sua narrativa, agora a voz era de respeito, suave. De repente tornou-se sombrio, falou mais alto, como num sermão: se neste mês de julho soarem trovões, é sinal de grandes perturbações, povos em convulsão, pão difícil e caro. E depois de uma pausa: assim diz o *Anuário perpétuo*. Voltou a sorrir, como se desculpando da previsão que ninguém entendeu. De toda maneira, Benedito estava aliviado. Depois de dias e dias de um assunto exclusivo, o mundo era recriado, algo mais existia fora da perlenga Rio-São Paulo, e além das tragédias de um povo de futuro incerto.

O almoço estava servido. Comeram quase em silêncio. Benedito nem falou do bisavô. O serviço da Estrada de Ferro Paulista, comentou, é muito superior ao da Central do Brasil. A senhorita concordou vivamente. Apresentaram-se quando já se levantavam: o padre chamava-se Pietro. Meu nome é Dorotéia de Arruda, e minha filha, Maria do Carmo.

...

Todo fim de tarde, depois do jantar, o conselheiro Costa Pinto, ex-ministro do Império, dirigia-se à casa de Marcellino, no largo da Matriz. Sentava-se do lado de fora, enquanto meu bisavô permanecia lá dentro, junto à janela. Conversavam até às oito horas da noite. Então o conselheiro se despedia, atravessava solene a praça e se recolhia. Um criado trazia a correspondência e os jornais, que lia cuidadosamente. Às quintas-feiras, infalível, Marcellino visitava Costa Pinto e passava horas na casa do amigo. Nos dias e meses que se seguiam a rotina continuava, como se ambos tivessem o controle de um tempo que jamais se fosse extinguir.

Esses arranjamentos cotidianos — que protegiam a moral dos chefes de família e enchiam as morosas horas do interior — estavam cuidadosamente narrados num volumoso caderno, descoberto pouco depois da morte de Marcellino, em outubro de 1888. Muitos incidentes desconhecidos, costumes de uma severidade incomum, relações e conversas insuspeitadas lá estavam gravadas para sempre. Cada página acentuava a presença imperial do seu autor, recriava o mundo dos antepassados, transpunha para o futuro uma certeza soberana.

Algumas situações eram do conhecimento público e se comentavam em Piracicaba e arredores. Porém, na versão daquela escrita redonda, impecável, ganhavam a força de uma verdade perene. Era o caso de sua militância no Partido Conservador e do voto de apoio ao republicano Prudente de Moraes — situação que havia provocado polêmicas e rompimentos. O futuro presidente da República chegara a dizer que, mesmo perdendo a eleição, a manifestação de amizade de um homem culto como Marcellino Pereira equivalia a uma vitória.

Eu nem era nascido e nem sei como herdei esse volume de capa escura, o nome gravado a ouro. A letra firme, sempre o mesmo traço, ali estava para durar gerações. Cada palavra é um desenho de arte e austeridade. Até andei querendo ter um pai como aquele bisavô, que do avô, Antônio Rodrigues, lavrador e coletor em Piraçununga, conheço muito menos. Sei o pouco que a mãe contava e o que as cartas entre ele, futuro sogro, e o pai dela, Alfredo, revelavam sem muito brilho.

Benedito conservava cuidadosamente cartas e memórias, e carregava o passado nas viagens. As distâncias ficavam mais curtas. As lembranças do que se foi podiam animar alguma conversa, perpetuar as vagas heranças familiares, até mesmo abrandar o futuro. O passado pode caber num envelope, num caderno, numa gaveta com cheiro indecifrável. O futuro, não. As esperadas coisas vindouras nem sempre serão, mesmo dentro de um trem que se move para o porvir com a certeza desse barulheiro todo, mais intenso nas pontes, muitas, o rio Paraíba ora de um lado, depois do outro, sumindo numa floresta para ressurgir mais largo num próximo cruzamento. As estações nem param, não deixam sequer ler os nomes dos seus lugarejos perdidos, passados. O que é já foi, e o que há de ser também já foi — não é o que diz o Eclesiastes?

...

Pirassununga, 12 de fevereiro de 1889. Compadre Alfredo. Confirmo minha carta em resposta á sua de 8 do corrente. É preciso expor com franqueza a minha posição, para assim não haver nenhum ressentimento. Eu estou bastante atrasado em meus negocios e portanto impossibilitado de dar á minha filha o menor dote que seja. Por isso Vomce pondere bem e veja que de minha parte, eu e minha família, fazemos muito gosto em que se realize esse consorcio. No dia em que lhe escrevi, com muita pressa, não tive tempo de fazer-lhe esta observação, que hoje lhe faço, e espero ainda a sua resposta para mostrar a sua prezada carta á minha filha. Se porventura tratarmos o casamento, não poderia ser antes que meus genros cheguem da Europa. Sou com estima, de Vomce, amigo Obgo Crdo, Antonio Rodrigues.

...

O trem apitou demoradamente e estancou numa curva, quase no limite com o Estado do Rio, nas janelas cabeças apreensivas. Benedito pôde ver a extensão do comboio, a locomotiva luzidia expelindo baforadas que se dissolviam lentas num céu muito limpo. Militares, dizia-se, haviam descido em pleno campo. A máquina recomeçou a resfolegar e retomou o ritmo arquejante.

...

16 de abril de 1891. Compadre Alfredo. Estimaremos que Vomces estejam bem e o meu afilhado bem restabelecido. Hoje sigo para S. Paulo e levo Chiquinha commigo. Comprei do Patricio um decimo de vinho Collares muito superior, que hoje vai ser embarcado para Rio Claro e elle mesmo vai remeter o conhecimento. Comprei um para mim também, elle já tinha vendido todo e só me arranjou os dous decimos por ser para mim. Comprei a 40$000 cada um. Não tire do barril nenhuma garrafa sem que o vinho esteja bem descansado; e é preciso, quando tirar, engarrafar tudo no mesmo dia, para não arruinar. Caso não saiba engarrafar me espere que quando voltar de S. Paulo eu vou arranjar, porque tenho bastante pratica disso. Aceitem saudades de todos nós.

. . .

Às 14 horas e 22 minutos, pontualmente (comentava-se que os trens de São Paulo para o Rio chegavam sempre na hora, ao contrário dos que faziam o itinerário inverso), o rápido deu um apito de alívio na estação de Resende. Samuel e Pedro estavam na gare, cheia, todos aguardavam parentes e amigos que regressavam ou abandonavam a capital insurreta.

O tio já se encontrava nos degraus do vagão e saltou antes que o trem parasse de todo. Um foguete, pensou Pedro com admiração. Sempre apressado, cabeleira esvoaçada. Falava engolindo letras e sílabas. Ainda mais difícil entendê-lo quando se entusiasmava. Pai e tio tão diferentes nas palavras, nos gestos, no jeito de andar. O pai falava com a suavidade do seu caminhar discreto, como se não quisesse incomodar.

Benedito levantou o menino. Que felicidade. Uma criança, a certeza da vida, a promessa do futuro, a paz que um dia haverá de reinar entre os seres humanos. Se não vos tornardes como crianças... Abriu rapidamente a valise, entregou um pacote ao sobrinho, um álbum de recordações e uma caneta-tinteiro dourada. Escreva no seu diário, disse, registre as coisas que acontecem, as visitas de que você gosta. [É preciso, como antes, continuar o registro das memórias.] Só depois abraçou Samuel, você parece melhor, comentou. E Lola? E mamãe? As crianças? E continuou, sem esperar resposta, a viagem foi boa, nem parece que estamos às vésperas de um conflito armado, que será deste país, deste povo maltratado. Maldita revolução.

Samuel sempre respondia às perguntas, por vezes com muitos detalhes. Falou de Aurora, uma recuperação incerta, lenta. Ele? Ele estava melhor, a magreza era a mesma, porém já não sentia o peso do coração quando se deitava do lado esquerdo. As meninas ficaram as férias no Rio, não convinha viajar com todo esse movimento, e está cada vez mais difícil conseguir um salvo-conduto. Chamou-o pelo apelido, como na família. Disse-lhe que a mãe, como sempre, era uma energia incansável. Você sabe, Nino, às vezes é difícil.

Tomaram uma charrete. O sol queimava em pleno inverno. Os cabelos alourados de Pedro brilham sobre o rostinho sério, olhos azuis, traços familiares conhecidos. Na ponte o cavalo assusta-se com a buzina fanhosa de um automóvel. Ele é novo, disse o charreteiro, ainda não se acostumou com essas coisas modernas. Benedito olha com apreensão as ruas cheias de soldados, alegres, brincalhões. Parecem bonecos mecânicos, disse, às vésperas de uma festa. Mas pelo menos não havia o clima delirante de São Paulo, nem eram voluntários. A maioria, é o que se diz, é de nordestinos, explicou Samuel. Estão chegando de navio ao Rio de Janeiro, de lá embarcam para Resende e para outras frentes. Os primeiros homens, 800, estão aqui desde março, quando Getúlio Vargas veio para uma visita. Que horror, disse Benedito, que horror. Maldita revolução.

Aurora e Maria Rita esperavam na janela. A mãe sempre chorava quando o filho ou algum parente chegava de viagem, ainda mais Nino, graças a Deus Pai Todo-Poderoso. O filho lhe dava segurança. Era enérgico, próspero, a vida arrumada. Não como o marido — que Deus o tenha —, errando de fazenda em fazenda, de negócio em negócio, ora cheio de dinheiro, gastando em coisas que ninguém sabia para que serviam, ora contraindo empréstimos para pagar dívidas e sobreviver. As visitas anuais de Benedito significavam mais comida na mesa, supérfluos, passeios, fotografias. Samuel não gostava das mudanças, da reviravolta da modesta rotina da vida de um pastor como ele. As certezas políticas e religiosas do cunhado, essas não lhe pareciam coerentes e preferia não discuti-las.

Na sala de jantar Samuel pediu silêncio. Benedito o interrompeu: antes da oração, deixe-me entregar umas lembrancinhas de São Paulo — e foi distribuindo pequenos pacotes. Samuel ganhou *As terras do céu — viagens astronômicas aos outros mundos* e *Astronomia popular — descrição geral do céu*, ambos de Flammarion. O cunhado sabia que Samuel tinha os olhos no céu, o da Bíblia e o dos astros que giravam nos espaços celestes.

Leu então o Salmo 121. Fechou depois os olhos, agradeceu a chegada, o encontro, a família, pediu a paz. A oração definia as relações — e o Senhor se incorporava a esse instante de recolhimento e se agradava do reconhecimento que lhe era prestado, embora o mundo não estivesse melhor do que nos tempos de Caim e Abel. Esta era uma celebração familiar diária — o culto doméstico —, que Benedito conhecia de visitas anteriores. Às vezes cantava-se um hino ao som do piano. Pedro havia aprendido a ler aos cinco anos, acompanhando a configuração das palavras nos versículos bíblicos.

Maria Rita logo rompeu o silêncio anunciando um bolo de fubá e café, quentíssimo. Era outro vício, menor, adquirido nas fazendas de São Paulo, ao lado dos fogões de lenha, a chaleira fervilhando o contínuo vapor da água em ebulição. Um cheiro estimulante atravessou a sala e se perdeu na memória de sabores que repetiam o encantamento de outros tempos.

Uma paz surpreendente envolveu toda a casa. Parecia provir de lugares celestiais. Foi quando o estrondo de um avião cortou os ares e esfriou o entusiasmo que a promessa do salmista havia colocado no coração de cada um.

Benedito ergueu os braços em sinal de enfado, nenhuma palavra.

6

A GLÓRIA E O PODER

Oswaldo Aranha desceu apressado de seu Fiat Bahilla. Acabara de comprá-lo por 11.500$000. Não era nenhuma bagatela.
　O carro entra pelo lado esquerdo do prédio. A vegetação do enorme pátio, no meio da névoa, esconde alguns lampiões elétricos. Gregório Fortunato sai das sombras, os dentes alvíssimos exibem um sorriso discreto. O ministro ajusta o chapéu de abas largas para proteger-se do frio da noite.
　A reunião vai demorar, que o motorista voltasse entre uma e duas da manhã. Ao contornar o casarão, olha de relance, como de outras vezes, a fachada toda branca do Palácio Guanabara. Os primeiros degraus da escadaria de mármore, no centro, bifurcam-se à esquerda e à direita para juntar-se diante da grande porta principal. Também apreciava o interior, a imponência romana, neoclássica, as arcadas laterais, tapeçarias, mesas enormes entre paredes de quadros famosos. Ali se havia assinado a Lei Áurea — e agora se decide mais uma vez o destino da nação. Nos momentos de grandes questões nacionais, Getúlio transferia-se do Catete para o Guanabara. Como se fosse para sempre.

Certamente era o último a chegar, e o presidente não gostava de atrasos. Muito menos que a demora se devesse à conversa com uma delegação dos rebeldes paulistas, dois coronéis à paisana, na residência do ministro na ladeira do Ascurra. Pior, Vargas havia aconselhado a evitar o encontro, as possibilidades de acordo já não existiam. Mas teria que narrar toda a conversa, todos os detalhes. Para certos assuntos Getúlio queria saber dos horários aos diálogos, dos sorrisos às caras feias. De preferência em ordem cronológica.

• • •

— Estamos entrando numa fase nova neste país — repetiu para os jovens e sisudos oficiais o que já havia dito em outros muitos momentos. — A nação cansou-se da velha política. Temos agora um estadista à frente do nosso destino, futuro garantido no quadro internacional. Com a eleição de Franklin Roosevelt para a presidência dos Estados Unidos, na semana passada, abre-se a porta para o tratado comercial que estou negociando. Ele é o homem para superar a crise mundial da grande depressão de 30. O Brasil pode suprir o mundo dentro da política do New Deal de Roosevelt.

— Pois estamos é cansados dos velhos políticos, das raposas que tomam o poder pela esperteza, traindo a democracia. Ministro, o senhor que em 1923 comandou a Brigada do Oeste e até foi ferido em combate; o senhor que em 26 se feriu de novo na luta contra os revoltosos que se opunham a Arthur Bernardes; o senhor que articulou a revolução de 30, como pode recusar-se a usar toda essa experiência em apoio à revolução que São Paulo empreende? Temos sido sistematicamente alijados da política nacional — e o que seria deste país sem a nossa capacidade econômica, sem o nosso progresso constante.

TENENTE PACÍFICO

Era evidente que enfrentavam pela primeira vez aquele tipo de missão e tentavam parecer à vontade. Não ignoravam a capacidade política e intelectual de Oswaldo Aranha. E também se admiravam da juventude do ministro, beirando os 40 anos.

— Cada momento é distinto. Com Washington Luiz estávamos caminhando para o abismo. Era preciso corrigir o leme com mão firme. Em breve teremos a constituinte, e São Paulo dela participará. Com a representatividade que lhe couber.

Aranha havia estado na véspera na capital paulista, porém saíra às pressas, sem condições de negociar. O clima era tenso, a fase de conversas parecia esgotada. Nunca vira tanta gente nas ruas, tanto barulho. Uma última tentativa de conciliação, proposta por ele, deveria realizar-se na Capital Federal entre os comandantes paulistas e alguns ministros de Getúlio. Mas em vez do general Izidoro Luiz e do coronel Euclides de Figueiredo, talvez o general Klinger, vieram apenas os dois oficiais. Certamente com instruções para não cederem um só milímetro. Possivelmente ali estavam mais para receber informações.

Diria ao presidente que tentara esticar o tempo, mas não chegaram nem a uma hora de conversa. Aranha acendia devagar cada cigarro, as mãos firmes. Mandou servir café com biscoitos de araruta. Enquanto introduzia temas políticos e notícias internacionais, percebia nos interlocutores a admiração que sempre despertava — da cultura universal ao porte elegante e à lábia política. Em nenhum momento mencionou o nome de Vargas, mas sabia que os paulistas iriam lembrar a questão dos tenentes.

— Veja, senhor ministro, desde a revolução de 30 estamos vivendo sob as ordens de tenentes. Não lhe parece uma inversão da hierarquia, a formação de um bloco subalterno de revoltosos dentro do Exército?

— Os tenentes são nacionalistas...

— ... mas estão contra São Paulo, o mais forte estado da Federação. Curioso, o governo Vargas apóia os tenentes chamados nacionalistas, mas recebe o embaixador norte-americano — e isto é uma intromissão em assuntos de nossa exclusiva soberania.

Lembrou-se Oswaldo Aranha de outras discussões, muito mais interessantes e provocadoras. Já não tinha muita paciência com políticos ou militares que considerava atrasados, reacionários. Mas se manteve como um diplomata.

— Os senhores têm alguma razão... quanto ao processo político. Trata-se, porém, de uma situação revolucionária e muitas vezes não só interesses pessoais são atropelados, mas a própria justiça. No entanto, os ideais de 30 ainda não se concretizaram. Há exageros, como há coisas boas, excelentes mesmo, no programa dos tenentes. Quem, a não ser os grandes proprietários de terra, pode fazer objeções ao cadastro imobiliário contra o latifúndio improdutivo? Mais um caso? O ministro da Viação, José Américo, está movendo um inquérito contra a multinacional Light and Power...

— O tenentismo nasceu para afastar São Paulo e Minas Gerais do cenário político. Há umas poucas medidas aceitáveis, outras inúteis e até ridículas. O ministro quer um exemplo? A campanha para não se fumar cigarro da Souza Cruz...

O outro coronel, que pouco havia falado, voltou-se para Aranha com um sorriso:

— *By the way*, como dizem os americanos, qual é a marca do seu cigarro, ministro?

Aranha não respondeu logo. Seria inútil prosseguir. Quis apenas mostrar-lhes que não estava alheio à realidade econômica e às contradições sociais do país.

— Era verdade — enfatizou —, a contribuição de São Paulo para o governo federal é de quarenta por cento, quase a metade de todos os demais estados; enquanto apenas cinco por cento da renda nacional beneficiam o estado. Mas, e as greves? O ano de 32 começou com dezenove greves na capital paulista, cinco no interior. Em maio mais de cem mil operários cruzaram os braços durante mais de trinta dias!

Os oficiais levantaram-se. O ministro ainda permaneceu sentado. Se um acordo era impossível, ao menos precisava dizer-lhes algo mais. Há sementes que frutificam tardiamente.

— Vejam os senhores coronéis, por que não tomam assento? Estamos numa fase de recuperação econômica e social. Temos agora um Ministério do Trabalho, Indústria e Comércio; e as empresas estrangeiras são obrigadas a empregar pelo menos dois terços de brasileiros, aspiração que vem desde a revolução pernambucana de 1848. Agora o nosso trabalhador tem férias remuneradas, organizou-se a previdência social, há estabilidade, o trabalho de mulheres e crianças tem proteção legal. E o salário mínimo? — Aranha levantou-se. — E o salário mínimo? Será, senhores, que o grande estado de São Paulo é contra essas medidas?

— Vossa Excelência sabe muito bem que poderíamos chegar a tudo isto com a participação de São Paulo — e sem um golpe militar. Essas medidas, como outras tomadas autoritariamente, estão assanhando os operários. Eles querem cada vez mais. As greves? As greves são obra dos bolcheviques infiltrados nas fábricas paulistas — mas eles estão sendo fichados e perseguidos. E se o ministro anda tão bem informado, não deve ignorar que em São Paulo estamos todos unidos, militares e civis, acima de qualquer divergência. E tudo indica que teremos o apoio de um novo movimento, anticomunista, que se organiza sob a liderança de Plínio Salgado.

— O governo também está unido — provocou o ministro. — O apoio nacional cresce dia a dia. Todos reconhecem que estamos numa situação de emergência, provisória...

— A Junta Militar Governativa Provisória... Trata-se de um nome bastante enganador.

— O nome não importa muito — e o ministro estava rindo alto. — Eu me pareço com uma aranha?

Os oficiais continuaram sérios. O ministro ainda tentou superar o clima tenso oferecendo-lhes cigarro. Riram também, discretamente, quando lhes mostrou o maço de Gauloises — são fortes, mas é bom variar de marca, depende do momento... Depois de uma pausa tentou outro tema, algo que vinha elaborando pouco a pouco, embora estivesse convicto de que os homens à sua frente não iriam captar o significado maior do que queria dizer. Não importava muito. Aranha falava sempre que podia, que o ato de expressar em voz alta um pensamento, uma idéia, como que lhe acrescentava elementos ainda ocultos. Por isto preferia improvisar os discursos.

— Hoje começa a predominar uma tendência totalitária nos grandes Estados nacionais, quase uma característica deste tempo de futuro incerto. Resta saber se isto assinala o final de uma era ou indica novas oportunidades para os empobrecidos e marginalizados do nosso continente; ou seja, um tempo de recuperação do atraso que acompanha sem tréguas a nossa história. Pensem nisto, senhores. Em termos de Brasil, estamos certos de que o desenvolvimento econômico trará solução para as questões políticas e sociais. O final da miséria produziria a legitimidade. É um meio necessário para atingirmos um fim desejado. Por todos. Neste sentido também poderíamos contar com o apoio dos integralistas do senhor Salgado...

Empertigaram-se:

— Por São Paulo, pelo Brasil!

Aranha sorri com respeito. Qual seria a reação dos oficiais se lhes recomendasse o filme *Mata Hari*, em cartaz no Rio, certamente em São Paulo? Também não importa, apenas queria terminar o encontro com mais uma provocação. Trata-se de uma história real, disse, enquanto trocavam apertos de mão. Durante a Grande Guerra descobre-se em Paris que uma bailarina famosa era espiã dos rebeldes alemães. Sua beleza e sensualidade agitavam os círculos políticos e militares franceses. Acaba presa. O imenso fascínio só não enganou aos 12 homens do pelotão de fuzilamento. Um general, se não me engano, resumiu a situação: alguns dançam, alguns morrem; ou fazem ambas as coisas. Greta Garbo está magnífica.

Imaginaram, mas nada disseram, que Aranha fazia alusão à Celeste Rosa e suas artimanhas, dentro do governo provisório, para facilitar a fuga de oficiais favoráveis aos paulistas. Conseguia barcos, e até um Nieuport, recém-chegado, pilotado por um capitão, deixara o Rio num vôo sensacional. Mas queriam ter a última palavra:

— Ministro, não pretendíamos comentar filmes numa hora de tanto suspense — disse o mais silencioso, com ironia. — Mas uma vez que o nosso encontro nos deu momentos de devaneios, certos de que o senhor ministro não se ofenderá, o que se diz em São Paulo é que há dois filmes de sucesso, com novos atores. O primeiro é Getúlio Vargas — *El último de los Vargas*; o outro, com Vossa Excelência como ator principal, se intitula *Oswaldo Aranha — O gênio do mal*.

O ministro deu uma estrondosa gargalhada. Os oficiais riram mais à vontade. Entreolharam-se como se tivessem algo mais para dizer. E tinham:

— Vossa Excelência também sabe que São Paulo não engole a eleição do general Espírito Santo Cardoso para o Ministério da Guerra, nem a intromissão da Igreja nas coisas do Estado. Até se diz que o presidente Washington Luís, após sua deposição, foi conduzido por um cardeal, o cardeal Leme; mas que o atual presidente, o senhor Getúlio Vargas, vai com o Espírito Santo!

Oswaldo Aranha apenas manteve o sorriso enquanto despedia os emissários paulistas.

...

Estavam todos reunidos quando entrou. Como ministro da Fazenda, depois de ocupar a pasta da Justiça e Negócios Interiores, tornara-se um dos homens mais bem informados do governo, o ministro de preferência de Vargas. Além da fidelidade e competência, Aranha acompanhara a crise pessoal do presidente e dormira num sofá no seu gabinete depois que ameaçara o suicídio. Em seguida vinha José Américo, talvez Salgado Filho ou Lindolfo Collor; e Afrânio de Melo Franco, ministro do Exterior, embaixador junto à Liga das Nações como chanceler da revolução de 30. Todos sabiam, porém, o que Vargas havia dito: a metade dos meus homens de governo não é capaz de nada; e a outra metade é capaz de tudo.

Como se apenas estivesse esperando a chegada de Aranha, o presidente logo apareceu, solene, seguro da autoridade que carregava sobre os ombros. Mas o rosto está amargo, ultimamente assim tem sido, o sorriso irônico, misterioso, quase desaparecera.

Levantam-se todos. O ritual era costumeiro. Nas grandes Salas de Despachos e Conferências, no Guanabara ou no Catete, os ministros abriam suas pastas com onipotência, e todos os problemas pareciam ter solução. O poder se espalha também pelos demais andares e aposentos dos dois palácios, combina-se com os grandes espaços, os espaldares das elegantes cadeiras, as maciças mesas enormes, eternas, testemunhas de infindáveis debates e decisões. Getúlio mora em aposentos mais modestos, para desgosto da família. Nenhuma ostentação. Bastava-lhe a determinação das palavras, a firmeza dos passos, se possível a simplicidade de todas as coisas. Mas gostava de despachar no salão manuelino, entre a parte residencial e a secretaria. De certa forma, por tudo isto, não escondia a preferência pelo Catete. Lá, em 1930, sob os olhos de Baco e bacante pintados no teto, entre estuques de um festão de frutos, assinara o seu primeiro decreto. Na mesma mesa, em 1917, Wenceslau Brás declarara guerra à Alemanha. Mas era preciso usar todos os recursos do espetáculo que o posto requeria — dos ornamentos dispersos pelas salas e longos corredores aos quadros de riquíssimas molduras; dos candelabros de além-mar e maçanetas das portas almofadadas à postura física que compensava a estatura desfavorável. A glória e o poder. O Guanabara era o requinte, a suavidade das linhas; no Catete tudo parecia mais formal, mais consistente. E entre um palácio e outro, não mais que meia hora de silenciosa caminhada diária, o presidente governava com mão de ferro. Ou de pelica. Poderia, conforme a conjuntura, até mesmo deslizar como um algodão entre cristais.

É o dia 9 de julho, a mais longa reunião do ministério, entrecortada por notícias das rádios, telefonemas, café, salgados, doces. Alguns ministros reagem, querem mais tempo para decidir. O coronel Goes Monteiro está presente, chamado com urgência. Pelo telefone direto fala com o interventor paulista. Está confirmado. A tropa federal em São Paulo tinha aderido à revolução.

O dia clareava. Aranha foi o último a sair. Contou ao presidente a conversa talvez inútil com a delegação paulista — acrescentando que o porto de Santos dava por dia ao governo federal mais do que o Rio Grande do Sul em um mês. Não, claro que isto não havia sido dito aos coronéis. Nas circunstâncias, alegou com um sorriso, tratava-se de assunto só para os dois gaúchos, ou três, se é que Flores da Cunha ainda se lembra dessas coisas. Não se esqueça, replicou Getúlio, que os generais Klinger e Izidoro também são gaúchos, e Izidoro foi herói da revolução de 24. E Euclides Figueiredo, um carioca, está com eles. Não se pode mais confiar nessas fidelidades regionais. Ao despedir-se, Aranha perguntou por que não pediam a intermediação do cardeal Leme. Mostrou-lhe o jornal do dia anterior, as palavras do prelado terminavam com "um grande appello da alma christã". O livro? É do Graça Aranha, presidente, O espírito moderno, de muitas formas, uma obra avançada para a nossa realidade.

Vargas nada comentou sobre o encontro do ministro com os coronéis paulistas — e isto não era um bom sinal. Falou com certo desprezo sobre a proclamação de universitários cariocas a favor de São Paulo, porém parecia preocupado com as ameaças de comícios de estudantes e mulheres na avenida Rio Branco. E enfatizou: o apoio de mulheres cariocas aos paulistas não é de bom augúrio. Que a Liga das Senhoras Católicas, em São Paulo, chegue a atender a mais de 100 mil pessoas, compreende-se; mas que a viúva de Rui Barbosa, aqui no Rio de Janeiro, faça declarações e doe a aliança do marido aos revoltosos, é demais.

Depois de uma pausa, referiu-se à consulta ao cardeal. Não, preferia caminhar pelos próprios pés. A Igreja tem outras funções — ou é melhor aguardar os acontecimentos. Deu boa-noite. Parecia ainda mais solitário subindo devagar a larga escadaria de madeira.

7

E AS ARMAS E OS HOMENS, GENERAL?

A notícia irrompeu nas estações de rádio e circulou por todos os recantos da cidade: o general Bertholdo Klinger chegaria às nove horas da manhã na estação da Luz. E assim que o pequeno comboio encostou na barra de ferro do fim da linha, militares e civis já se apertavam na gare para saudar o futuro chefe da revolução constitucionalista.

O general teve que fazer mais um grande esforço. Desde que entrara em território paulista, de parada em parada, as ovações vinham crescendo. Agora não era apenas um implacável comandante cumpridor das rotinas de um quartel, mas também um político. Em Campinas esperava-o uma delegação militar. Queriam dar as boas-vindas, antecipar as últimas notícias; e discutir, antes da chegada à capital revolucionária, as estratégias da guerra prestes a explodir. Klinger ponderou, no entanto, com visível má vontade, que as informações eram insuficientes, não propiciavam uma ofensiva imediata.

O general não estava acostumado a essas vibrações populares e nunca recebera tantos aplausos. Nem mesmo por ocasião do êxito de sua participação na revolução de 30. Havia preferido uma chegada discreta, quanto menos gente, melhor. Ainda mais que vinha de mãos abanando. Para ele bastava o barulho que lhe rondava a cabeça, como um estopim dando voltas antes da explosão. O desembarque em São Paulo não passava de mais um dos reveses desabado sobre sua brilhante carreira, antecipado pelo brevíssimo telegrama enterrado no bolso da túnica. Já o sabia de cor. Esperava uma negociação; mas a resposta, bem desconfiara, não poderia ser outra: "8 de julho de 1932. Hora 13:15 — urgente. Comunico-vos que Chefe Governo Provisório vos reformou administrativamente, pelo que deveis passar comando Circunscrição ao substituto legal imediatamente. a) General Espírito Santo, Ministro da guerra." Era a contestação sumária ao longo ofício que enviara ao novo ministro da Guerra de Vargas. Um incompetente esse general há tantos anos na reserva, escrevera, sem formação acadêmica, incapaz até mesmo de passar num exame de saúde.

O general Klinger entregara o comando imediatamente — e todo o apoio prometido à revolução paulista sofrera um golpe talvez fatal. Para que serviam, naquelas circunstâncias, suas convicções constitucionalistas. Não tinha homens, não tinha armas, não tinha munição. E o futuro ainda lhe reservaria outras decepções: seu projeto para a criação do estado de Mato Grosso do Sul dependia da vitória de São Paulo; assim como o plano pessoal de chegar a ministro da guerra. Afinal, tinha formação, competência, saúde. Saberia o que fazer.

...

Um suplício aquela viagem. A lenta cadência do comboio, sobre centenas de quilômetros de trilhos, aumentava a angústia — e certa culpa — perante as urgências do movimento revolucionário. Estava ciente dos sacrifícios do povo paulista, sua luta contra as horas, o destino em jogo. Pior quando o trem parava numa estação qualquer como se não fosse mais partir. Em Três Lagoas, ele e seus seguidores desceram e caminharam quase em marcha acelerada pela estação. Precisavam movimentar os músculos, fazer circular o sangue. Mas em Araçatuba foi impossível repetir o exercício. Ali estava uma pequena multidão para saudá-lo e discursar sobre o que já estava cansado de saber.

Um dia e duas noites entre Campo Grande e São Paulo. De avião, nem duas horas. Dizia-se que o general tinha medo de voar, ainda mais que o aparelho que o fora buscar apresentara defeitos técnicos. A decisão foi rápida: viajar num trem especial. Saíram na tarde do domingo, 10, e só alcançaram o destino na manhã do dia 12.

Klinger chegara a irritar-se com a exuberância do Pantanal. A paisagem, que antes lhe provocava entusiásticos registros no diário de viagens, agora não passava de uma inacabável horizontal monotonia. O mal-estar aumentava quando um avião se aproximava veloz e seguro, pouco acima do lerdo transporte da Noroeste. Vôos rasantes. Poderia ser um reconhecimento das forças governamentais sobre o conhecido destino do general e seus fiéis companheiros: um tenente-coronel, dois primeiros-tenentes, dois segundos-tenentes, um sargento-ajudante, um ordenança, três praças. Era tudo que sobrara para o ex-comandante da Circunscrição Militar de Mato Grosso.

Havia situações de constrangimento. Se o comboio transportasse o planejado contingente de 6 mil homens, a relação entre eles obedeceria às formalidades de praxe. Tratando-se de um grupo reduzido, menos de 12 homens, deviam estar lado a lado, comer juntos as improvisadas comidas, mirar-se uns aos outros — ou então contemplar a planura até o horizonte, comentar as cores fantásticas das nuvens no final do dia, seu deslocamento nas alturas tão vagaroso quanto o cansaço da locomotiva. Nesses momentos ninguém falava sobre nada. Muito menos das dúvidas que os acompanhavam desde a saída de Campo Grande, às pressas.

. . .

À noite o treque-treque do trem trepidava mais penetrante na penumbra do vagão. Entrava no sono intermitente do general e da sua minguada tropa. Jamais comandara tão poucos. Grande tristeza, não poderá usar os canhões 75, ele que em 1916 lançara um manual de instruções sobre *A pontaria infalível do nosso 7,5*. A precisão do seu comando, tão matemático quanto os tiros desses mortíferos tubos antiaéreos — tudo isto se diluía na incerteza de uma revolução precipitada; e nessa paisagem enganadora do tempo e das distâncias.

De repente, dormiu. Estava no alto de uma colina. Podia divisar lá embaixo um batalhão de estranhas figuras em movimentos extremamente ágeis, como enormes galhos açoitados pelo vento. Um exército descomunal, impreciso, não avançava nem recuava. Meteu a bala no tubo do canhão. Disparou. Nem sequer ouviu a atroada da explosão. Acordou num solavanco e teve a sensação de uma derrota iminente.

. . .

Para o comando paulista o desembarque do general Bertholdo Klinger acabou se consagrando num grande desapontamento — que somente mais tarde chegaria ao conhecimento do povo. Em parte contribuiu o seu físico, a baixa estatura, o rosto que mal suportava o desproporcional quepe brilhante. Sem ele o general teria desaparecido entre os que o cercavam. Porém os

TENENTE PACÍFICO

óculos de aros escuros, o bigode espesso e negro, a túnica de gola alta com duas estrelas de cada lado, e mais o cinturão atravessado sobre o peito, davam-lhe a aparência de um ente inexpugnável. Difícil imaginá-lo sem o revestimento daquele trajo profissional. Talvez o general até dormisse de farda.

Logo se confirmou o que era sabido. Não havia trazido os 6 mil homens ansiosamente esperados. Não, não tinha munição. Não, a famosa artilharia não viera com ele. Não. Não. As justificativas eram monossilábicas, ambíguas. Mas o general mantinha um semblante vitorioso, como se tivesse um segredo para revelar. Imaginava, talvez, que o exército havia poucos dias sob o seu comando chegaria de repente para participar do avanço fulminante sobre a capital da República. Os civis davam hurras de convicção; mas os militares queriam explicações mais convincentes sobre o fracasso da propalada força de Mato Grosso. Klinger deixou de sorrir. Amarrou a cara. Então, de costas para os comandantes, voltou-se para o povo, abriu os braços. Como se a todos fosse acolher. Não tinham culpa dos erros e precipitações dos governantes. A banda começa a tocar. Os instrumentos brilham ao clarão do sol que rompe o nevoeiro da manhã. A marcha militar transfigura os rostos numa certeza religiosa.

A comitiva avança como uma leva de formigas, compacta. Da estação da Luz para o palácio, o governador Pedro de Toledo desfigurado. Os olhos vermelhos de insônia miram com desconfiança o comandante sem comando. Klinger nada promete nos escassos minutos de conversa confidencial, tensa. Em carro aberto, o general segue para o quartel da 2ª Região Militar. O povo continuava a aclamar o herói que São Paulo esperava. Klinger entusiasma-se. Desce do auto, monta no cavalo de um soldado. Agora podia ser visto por todos, imponente, seguro. Com um gesto marcial repetiu o grito de guerra que havia pro-

nunciado nas estações do interior do estado: Desembainho a espada em continência à lei!
Era só o que podia dizer.

...

Bem sabia o general Bertholdo Klinger que sua adesão à causa paulista era de inegável importância. Tinha fama. Invejável coragem, grande estrategista. Estas e outras certezas transpareciam-lhe no rosto; e no andar belicoso dentro de perneiras e botas luzidias. Um dia escreveria suas memórias. A começar pela origem austríaca dos ancestrais, os três anos de treinamento na Alemanha, adido cultural no Peru, viagem ao México, a revolução de 1930, general em 1931 aos 47 anos de idade. E agora a campanha constitucionalista, a vitória, quem sabe, a nova nação que surgiria da justa causa paulista. Tinha até um título — *Narrativas autobiográficas* — simples como convinha a um homem como ele. Enganavam-se aqueles que o consideravam prepotente, orgulhoso. Mais: suas reminiscências seriam redigidas na ortografia simplificada por ele inventada — e que um dia seria oficialmente adotada em todo o território nacional.

A viagem fora em parte aproveitada para explicar aos subordinados a lógica de uma escrita rigorosamente fonética, matematicâmente preciza e necesâria para o paiz, para a limgua brazileira; sem sinais inúteis como h, k, q, w, y, ç — esse orror de letras ce em boa óra desapareseriam. Sem acentos graves, muito menos os tremas. Um consórsio perfeito entre grafia e prozodia.

Os companheiros de farda tentavam aprender e, afinal, a aula se transformava num divertimento na longa monotonia do taralhar do trem de ferro. O general, finalmente, também ria com as palavras e frases que iam sendo redigidas, corrigindo-as aqui e ali:

temos comsiensia da aotoridade do nosso patrisio. Erói maeór ou menór. Daquela? Não, dacéla. São Paulo é a xave. Gérra. Gérra esperamsóza apesar das sircumstansias. Menos os nomes próprios. Assinaria: Jenerau Klinger.

...

Mas a chegada a São Paulo estava longe de um alívio. Não fosse a vibração do povo, melhor seria estar preso em Campo Grande como contestador do regime. O coronel Euclides de Figueiredo procura convencê-lo da vitória paulista. Três dias antes havia tomado o quartel da região sediado na capital paulista, antes fiel aos governistas. A ação, fulminante, no meio da noite, precipitara os acontecimentos. Vários comboios, entulhados de soldados e munição, haviam partido na direção do Distrito Federal.

A guerra já começou — insistia Figueiredo, tentando remover o general de qualquer forma de negociação. Na verdade, nem podiam acreditar no que ouviam. Não era possível nenhum acordo. Nada.

— Não, general, queremos lutar. Estamos prontos e vamos vencer. Há dois dias que grandes contingentes nossos estão na Mantiqueira. Negociar o que, general?

Klinger olha de maneira vaga. Não parece indeciso. Arrisca mais uma vez o seu plano de paz:

— Devemos ainda tentar a vitória pela conciliação. Vamos enviar enxames de paulistas — e repetiu a palavra —, enxames de paulistas famosos nas artes, nas ciências, na indústria, no comércio. Eles levarão até a Capital Federal a nossa convicção sobre os verdadeiros propósitos de São Paulo. — E pensou, na sua ortografia, que a toleramsia meresia algum reconhecimento, por péior ce fose a situasão.

A proposta pareceu um tiro de pólvora seca. O que se esperava era a ordem para o início da ofensiva paulista.

— Há mais — enfatizou outro coronel, até então calado, fumando. — Na manhã do dia 10, quer dizer, antes de ontem, a Vila Militar ameaçou depor o Getúlio. Isto significa que temos respaldo na 1ª Região. O círculo de oficiais que nos apóiam está aumentando na capital. E não se trata só de militares, mas do povo carioca, estudantes, mulheres, artistas...

Klinger continuava impassível. Nem mesmo se mostrou surpreso quando o coronel afirmou — e havia guardado a informação para o final — que Getúlio escrevera uma carta-manifesto, apanhara um revólver e ameaçara matar-se.

— Pode ser mais uma das encenações do presidente — retrucou.

— Seja como for, há uma crise no Catete. Devemos aproveitar a oportunidade. Ge-ne-ral, não existe outra saída. À luta! Tudo por São Paulo e pelo Brasil! Constituição ou morte!

Figueiredo estava impaciente.

— Certamente o senhor não conhece todos os dados da situação, o que é natural para quem estava longe dos acontecimentos e ainda viajou quase três dias — e por terra. O coronel Dutra traiu-nos em Túnel. As prometidas adesões de Minas e do Rio Grande do Sul não se confirmaram. Ainda assim, não podemos mais recuar. Pois não aconteceu o mesmo com Mato Grosso? Ou as suas tropas ainda virão?

— Não precisam vir — disse Klinger depois de uma pausa maior. O general nunca respondia de imediato diante de alguma incerteza ou fracasso. Mas bem sabia que o seu regimento, agora sob outro comando, estava pronto para reforçar as tropas governistas. Não disse, mas eram sete milhões de tiros que agora se voltarão contra nós. E olhou com apreensão as bandeiras de São Paulo e do Brasil, lado a lado, quase enroladas, sem vento, sem força.

O silêncio era constrangedor. Mas Klinger não movia um músculo do rosto duro. Olhava com desafio a certeza dos oficiais. Figueiredo então apressou o discurso: que o pulso forte do general, sua fama de estrategista, seu comando implacável, que tudo isto se pusesse inteiramente a favor do movimento. O senhor nos levará ao coração do Brasil, foi o que lhe saiu da boca, a voz entrecortada, para lá implantarmos a bandeira da LEI — o que pronunciou com maiúscula.

. . .

Com tudo isto, o general Klinger, agora no comando do exército paulista, não escondia suas apreensões.

— Esta 2ª Região Militar não tem mais do que 27.685 fuzis; e nada além do que cem tiros para cada soldado já mobilizado. É só fazer as contas, senhores. Quanto mais voluntários, pior. Sabem quantos aviões temos no campo de Marte? Seis, talvez sete. — E contou nos dedos: — Um, dois, três, quatro, cinco, seis! Sabem quantos aviões de bombardeio têm eles? Vinte e quatro!

— Sabemos disto, general. Mas não somos tontos nem irresponsáveis — respondeu o general Izidoro. — Emissários nossos nos Estados Unidos conseguiram armamentos modernos em troca de um milhão e meio de dólares em sacas de café. As armas virão no navio *Ruth*, fretado por dezoito mil dólares, a tempo de suprir o nosso arsenal. Outro navio, o *Jaboatão*, está chegando da Europa com cinqüenta canhões antiaéreos.

— Veremos. Eu conto com o que tenho. Por enquanto, não há mais do que quarenta e quatro canhões.

. . .

Os primeiros dias foram duros para o novo comandante da revolução. Tudo parecia uma aventura próxima à catástrofe. O povo, porém, vivia um carnaval sem fim, entremeado de sacrifícios tais, que o general voltava a acreditar numa vitória (desde que chegassem os armamentos). Não eram só as jóias e o ouro que as classes mais ricas — *para o bem de São Paulo* — despejavam na campanha. Havia gente simples que abandonava o emprego para juntar-se aos voluntários. Klinger, um tanto a contragosto, teve que receber e alistar quatro jovens paulistas de Itameri, Goiás, depois de uma viagem de seis dias, a pé. Na mesma semana uma canoa minúscula cruzara o oceano, do Rio a Santos, com dois tenentes disfarçados em pescadores. De agora em diante, disse o general, não recebo mais ninguém, sejam voluntários ou aderentes. Mas cedeu quando arribou a Santos uma lancha com mais 20 oficiais e dois civis vestidos como operários marítimos.

O general reconhecia que o tempo de conciliação havia passado. Impossível recuar. Os enxames de intelectuais que imaginara viajando para o Rio de Janeiro estavam em ação, porém dentro das fronteiras do estado. Discursos nas praças, artigos e cartas; e ainda estimulavam o alistamento voluntário, para desespero do general. Os saraus e tertúlias literárias, que a semana de 22 deixara como herança, eram revividos em pregações e debates políticos, em poemas de guerra, na prestação de serviços militares. Cada um se engajava como podia: Mário de Andrade, Menotti del Picchia, Paulo Duarte, Orígenes Lessa, Guiomar Novais, Francisco Mignoni, Lasar Segall, Anita Malfatti, Francisco Alves.

...

Klinger retirou-se para um breve descanso. Precisava estar só, refazer o plano de ação. Nem durante a chefia da polícia do Distrito Federal, logo após a queda de Washington Luís, havia tido tanto problema. Agora está diante um *ezérsito indomável, ce não reconhese a balbûrdia umana de maes soldados do ce armas, apenas ums poucos kanhões contra 250 dos federaes.* A revolta se antecipara, e ele continuava manifestando sua desaprovação. Fora seco e duro: os senhores se precipitaram — e essa mudança pode significar o fim do movimento, a derrota. O dia não era o 20 de julho? Pois no hotel Glória, no Rio de Janeiro, no dia 8, alguns conspiradores, com apoio de oficiais da Vila Militar, marcaram o levante para o dia 14. Mas no mesmo dia 8, no QG Revolucionário de São Paulo, rua Sergipe, 37, Izidoro e Figueiredo decidem deflagrar a ação. Já se havia perdido muito tempo, insistiam os generais, e a decisão foi o ataque. Senha, Sergipe; contra-senha, 37. O senhor também, general, não terá se precipitado com aquele ofício infeliz para o ministro da guerra, sem que ao menos fôssemos avisados?

Não respondeu. Mas na mesma noite manda ocupar emissoras, o telégrafo, a companhia telefônica. Salgado Filho, ministro de Getúlio, suspende então as negociações. Às 23 horas deixou a capital paulista no luxuoso *Cruzeiro do Sul*. Do Rio, no mesmo horário, o noturno traz os conspiradores de volta para São Paulo. Os trens devem ter se cruzado na altura de Resende.

. . .

Entusiasmo. Inquietação. Uma semana depois de proclamada a rebelião, eram 20 mil os voluntários. Em 15 dias ultrapassam os 150 mil. Mulheres dão à moda um toque militar. Crianças desfilam pela avenida S. João, miniaturas de soldados com uniformes iguais aos do exército paulista. Os bonés de papel de jornal, em uso desde que se proclamara a revolta, haviam sido substituídos por bibicos bordados com as bandeiras do

Brasil e de São Paulo; supostos clavinetes enfeitam os ombros, facões de madeira atravessam os cinturões. A bandeira desfraldada repete a proclama convicta — *Se for preciso nós também iremos*. A marcha solene parece ultrapassar a ingenuidade dos rostos imberbes, tanto mais poderosos quanto mais aplausos e lágrimas rompem na multidão paralisada nas calçadas. Ruas e casas ostentam cartazes e bandeiras. Missas, tambores, hinos, clarinadas, discursos. As emissoras enchem os ares de ordens, notícias das frentes de batalha prontas para o combate. Os rádios capelinha, pelas ondas da L.R. 3 de Buenos Aires, captam informações de Porto Alegre, ainda sem decisão a favor ou contra os constitucionalistas.

Klinger não mais hesitou. Foi à Rádio Educadora. Na sua esperada proclamação para os soldados — *Sustentai o fogo que a vitória é nossa!* — conseguiu vibrar todos os corações. Sempre poucas palavras. A hora é de ação. Todas as coisas pareciam permitidas, mas tudo estava sob um controle poderoso. Quem não podia ingressar num dos batalhões — o Pirapitinga, o Ferroviário, o 9 de Julho, o Borba Gato, a Guarda Civil — mostrava sua coragem nas marchas e cantos dos desfiles diários, muitos. O Batalhão Negro provocara uns poucos protestos: onde se viu um alistamento de negros num contingente à parte? Mas ninguém estranhou quando índios remanescentes dos guaranis foram organizados para a prestação de "serviços especiais".

Dia 10, domingo. A vanguarda do Exército Constitucionalista desembarca em Cruzeiro, a cerca de 80 quilômetros da fronteira com o Estado do Rio. Comunicações suspensas. Jornais e rádios só divulgam o permitido. Mas a imprensa e as ondas hertzianas, de um lado e de outro, captam as informações possíveis. Os espiões também, por todos os cantos. Por meio deles o coronel Goes Monteiro ficou sabendo do possível levante da Vila Militar, em pleno Rio de Janeiro. Na mesma noite, Goes e

Vargas desmontam o golpe com a prisão de vários oficiais. Os pombos-correio cruzam os 130 quilômetros entre Rio e Resende em sessenta e poucos minutos. São Paulo divulga mais um boato: 80 canhões estão prontos para a viagem em direção ao Rio de Janeiro.

8

A CIDADE DOS HOMENS PEQUENOS

Treze de julho, quarto dia da tomada de posição das tropas paulistas nos limites com o Estado do Rio. Não se havia disparado um tiro sequer, mas a espera alimentava um indefinido desejo de romper o silêncio que antecipa a tempestade. Falava-se menos, recolhia-se mais cedo. Às insônias das noites prosseguiam na lenta passagem dos dias.

Tudo isto Pedro queria registrar no álbum de recordação que o acompanhava por toda parte. Não se tratava apenas do peso de acontecimentos nunca antes vividos, mas das diferentes reações que os rostos às vezes escondiam, ou então exibiam sem nenhum disfarce. Captar também o passado, imaginar o futuro da cidade, das pessoas, da família meio dividida. Da mesa de estudos, encostada à janela do quarto, ora contemplava o grande quintal nos fundos da casa, ora a [folha branca e limpa à sua espera]. Mas nem podia imaginar que o novo exercício pouco a pouco se transformaria numa aventura extraordinária, até o tempo em que deixou as coisas próprias de menino. As anotações sobre os tumultos daqueles dias mesclavam-se com outros momentos e lugares. As páginas do álbum que ganhara do tio foram se transfigurando. Traziam de volta, por vezes com força desconhecida, lembranças que pareciam perdidas no pensamento, nos sonhos. E pelo ato ainda incipiente de escrever, revivia tristezas e ternuras de uma infância que cedo descobrira as marcas incompreensíveis do amor e da morte. Nem era preciso escrever cada coisa. Às vezes bastava um sinal ou as iniciais de nomes que só a ele pertenciam.

Seus primeiros deslumbramentos — uma felicidade que começava na altura do peito e ia descendo pelo corpo — surgiram com o balanço da rede para onde Amanda o conduzia sorrateiramente. Aconteceu durante as férias, na fazenda Boa Esperança, num progresso diário que ela parecia controlar em todos os detalhes. Começava de manhã, ainda escuro, o leite morno das primeiras ordenhas desenhando-lhes na boca um contorno branco e espumante, que saboreavam entre risos, lábio contra lábio. Depois seguiam pelas beiras do rio Pirapetinga, de pedra em pedra, cada vez mais longe, caminho da nascente invisível em alguma gruta do Itatiaia. Ou então iam saltar do segundo piso da casa do alambique, respirando o vapor inebriante das bolhas ferventes exalado pelas caldeiras de cobre. Agarrados um ao outro rolavam sobre os bagaços da cana que a moenda sugava e jorrava com volúpia. E entre as macias ondulações que despontavam da adolescência de Amanda, as mãos e olhos de Pedro, conduzidos por ela, descobriam o que parecia faltar no seu próprio corpo.

Pouco a pouco, o álbum foi recebendo uma excepcional variedade de anotações. Às suas recordações juntavam-se pensamentos e conselhos de parentes e amigos, votos de felicidade, vulgaridades, frases de escritores que somente muito mais tarde haveria de conhecer. Ou desenhos, vinhetas, caricaturas. E ainda versículos bíblicos cujo sentido nem sempre conseguia penetrar. Um dia deu com um texto que acabou decorando: "Porque agora vemos por espelho em enigma, mas então veremos face a face: agora conheço em parte, mas então conhecerei como também sou conhecido." A assinatura — de Paulo Apóstolo, para Pedro — só podia ser a letra disfarçada do pai.

Mas é tempo de guerra, Pedro está diante de novas descobertas, movimentos estranhos que agitavam a cidade, transformação nas ruas e também no céu de Resende, talvez para todo o sempre, o susto de estar sozinho perante poderes que até então lhe pareciam reservados aos anjos e a Deus.

...

Ontem passou um avião tão pertinho que eu me escondi atrás da figueira da praça do Rosário. Pensei que ele ia cair em cima da árvore. O ronco que vinha do céu era maior do que o trovão que pegou a gente no alambique e se desmanchou numa chuvarada que encheu todos os rios e carregou para longe a casinha do Manuel. Mas agora o tempo está tão bonito como os olhos da A. Logo o barulho foi sumindo e aí havia muitos soldados também olhando, acho que eles também tinham medo. A guerra já deve ter começado. Papai disse que o seu Pacífico é agora um tenente e que ele vai chegar logo, mas não vai matar ninguém. Mamãe acha que vai. O tio Nino diz que todo soldado pode morrer e que os paulistas são muito fortes. Vovó chora cada vez que se fala da guerra.

...

O corpo delgado do reverendo quase desapareceu nos braços do tenente. Os acordes do piano haviam cessado de repente, e Pedro ouviu o pai dizer oh!, como acontecia em situações de aborrecimento ou surpresa. Adivinhou então que Pacífico havia chegado.

Seria ele? Não era só a diferença de roupa. O rosto também não correspondia ao homem que tantas vezes se sentara ao seu lado na igreja; ou no cinema, para ele a primeira vez, o susto com o navio que afundava, gente agarrada em pedaços de tábuas, as águas furiosas querendo invadir o salão escuro. Diante de Pedro aquele homenzarrão de face incandescente, olhos brilhantes, o corpo metido num uniforme atravessado com tiras de couro, as perneiras que emendavam em grandes botas também pretas. Pacífico parecia sem jeito, e no entanto transmitia a confiança de um combatente capaz de vencer qualquer batalha. Maria Rita não tirava os olhos da vermelhidão do seu rosto. Teve vontade de recomendar-lhe que o lavasse com cozimento de palha de cevada e sumo de laranja.

Samuel tampouco escondia o espanto perante o que lhe parecia uma nova espécie humana. A primeira imagem que lhe ocorreu foi a do gigante Golias. Não, Golias era inimigo do povo israelita, não podia ser. Um novo Gedeão, este, sim, que venceu os midianitas com 300 homens. Ou um Sansão. Sansão, com a queixada de um jumento, feriu sozinho mil homens. Esses seres bíblicos excepcionais — e mesmo a figura daquele irmão na fé transformado em guerreiro — fizeram-no sentir certa lástima com as deficiências do próprio físico, as limitações de uma saúde incapaz de corresponder às exigências de sua vocação.

Pacífico rompeu o espanto.

— Então, reverendo, o senhor veio mesmo é parar na frente de uma capela da Santa Madre Igreja... e na rua Padre Marques... Quem diria!

E antes de qualquer resposta, pronta no sorriso do reverendo, ergueu o menino, como cresceu, como está pesado. Quanto ao uniforme, completou, é só um disfarce, logo estarei de terno e gravata. Que pena esta guerra entre irmãos. Baixou a voz e perguntou se o clima estava ajudando na cura de D. Aurora, quando voltariam para o Rio. A viagem? Um pesadelo, apenas o começo de muita provação. Não parava de falar. Aqui estão as cartas, livros, atas do presbitério, foi preciso uma licença para transportar esse pacote. Mas não se preocupasse o reverendo, tudo iria correr de acordo com a vontade de Deus. Tinha era pena de tanta gente inocente, da Pátria dividida. Vamos nos matar, para que, uns aos outros. E se movia sem muita convicção no interior da farda de enormes bolsos, a longa fileira de botões salientes. Voltou a comentar a indumentária, agora para justificar a sua nova identidade.

— O uniforme, reverendo, é mais do que um simples trajo. O senhor talvez se espante, mas daqui de dentro o mundo não é o mesmo, vestimos uma outra ordem de coisas. Sem esta armação não existe guerra de verdade, profissional. E ainda assim somos frágeis demais para o que nos espera. Os paulistas têm até capacetes de aço.

De repente, sem esperar resposta, de novo espantou o reverendo ao perguntar quais haviam sido as tentações de Cristo no deserto. Não sabia se comentava a parada no sopé da capela, a espécie de êxtase que se apoderara dele. Então voltou a falar da insurreição paulista, das notícias contraditórias que a capital cultivava como razão de sua própria existência. Nenhuma das vitórias mudaria o destino do povo brasileiro; mas a causa paulista contava com um número cada vez maior de adeptos, a bravura de seus militares e voluntários, armamentos modernos, inventos mortíferos. Tais informações, disse ainda, e outras que dia a dia o rádio e os jornais espalhavam, ao lado de boatos espantosos, correm todo o país, passam pela espinha de cada soldado. A faixa branca pintada na fuselagem do pequeno avião que sobrevoara o Rio de Janeiro confirmava a coragem dos constitucionalistas. Encheram o céu de papéis anunciando o poderio, a certeza da vitória.

...

Aurora repousava numa espreguiçadeira, os pés muito brancos estendidos na tira de sol que atravessava os caixilhos do janelão. Maria Rita acabara de sair da cozinha, nas mãos enrugadas o bule fumegante de café e o bolo de fubá. Fazia questão de anunciar que seus bolos não iam ao forno, eram assados diretamente sobre a grelha do fogão, a fôrma coberta com uma chapa cheia de brasas incandescentes. Bichinho nem se moveu. O pêlo rajado brilhava, os gatos sabem, ficam mais belos à luz do sol — e ele parecia uma felicidade dourada, sem passado nem futuro, arrastando seus dez ou onze anos sem inquietudes. Com Pacífico, pensou Aurora ao ver entrar o gigante, chegava a vida, a saúde. O tenente inclinou-se num movimento suave, quase elegante, aparentemente impossível para aquela armadura de combatente.

— A senhora vai melhorar, vai ficar boa. É questão de tempo e paciência. O clima de Resende é dos melhores.

Ela sempre ouvia estas coisas. Pacífico logo percebeu. Mas que poderia dizer.

— Paciência eu tenho, esperança eu tenho também. Deus sabe. Muito pior é a tal revolução. Quanta gente cheia de saúde não vai morrer. O senhor também corre perigo, mas logo estará de volta. — E acrescentou meio sorridente, sem mágoa: — Eu devo morrer aqui, na minha trincheira. E que este gato não parta depois de nós...

Maria Rita queria saber quando tudo terminaria. Benedito chegou, Deus seja louvado, disse ela. Mas agora não tem idéia se algum dia poderá voltar para São Paulo. Sabe-se lá se os paulistas não vão fechar as fronteiras e até exigir passaporte? E o senhor, como se sente? Sabe que esperamos sua visita desde domingo e hoje já é quarta-feira? Não lhe incomoda essa roupa horrível e ainda mais ter que lutar contra os paulistas? Vou buscar um pratinho com doce de abóbora que preparei para o senhor. Continuou falando sozinha enquanto se dirigia à cozinha, como entender um Pacífico na guerra?

O tenente esperou que ela voltasse. Tentou romper o constrangimento. Ele não era soldado de carreira, explicou. Fora convocado e tinha que ir para a frente de combate. Cumpria ordens. Tudo aquilo, no entanto, estava de acordo, era um absurdo. De um lado e de outro. Mas comeria com muito gosto o doce de abóbora.

Falava mais para si mesmo e mirava aqueles rostos, todos lembranças de paz. Talvez o vissem agora como o espírito da guerra, ferindo os olhos inocentes de um menino, as rugas idosas de uma senhora, a fraqueza de um lindo corpo roído pela doença. E o reverendo, aquela face serena.

Samuel continuava surpreso com as mudanças físicas do irmão Pacífico, sua armadura de cáqui brilhante, o cheiro de pano novo engomado; e o semblante oscilando entre a determinação da luta e a nostalgia da paz. Pareceu-lhe, de repente, estar diante da multidão de soldados que havia jorrado do comboio. Só que agora, na súbita visão que atravessou sua mente, tinham todos a mesma cara, faziam todos os mesmos gestos, diziam todos as mesmas coisas. A uniformidade pode contagiar a alma, transformar os atos religiosos em repetições banais, de igreja em igreja, de púlpito em púlpito. Como as rezas dos padres, as mesmas de sempre, sempre a mesma gesticulação. Os pastores também, pobres fiéis, a ensinar o já ensinado e a repetir o já aprendido para aqueles que já sabiam ou já aprenderam —

isto bem disse Vieira sobre os sermões. Uma tentação esses pensamentos, como outros, agora mais freqüentes, interferindo por segundos numa conversa qualquer, voando de um assunto para outro. E as religiões, e as igrejas, não guerreiam entre elas, nem sempre apenas com a tinta ou o verbo das polêmicas? E o proselitismo que transformava católicos em crentes, em bíblias? Era outra tentação — que a Igreja Católica está cheia de erros, é preciso combatê-los, lutar contra todas as heresias. Dos católicos, e dos espíritas, dos maçons e positivistas que invadem o país.

— Mas Pacífico, não sabe você quem foi o padre Marques? — perguntou de súbito o reverendo. — Foi vereador em Resende e tinha cabelo nas costas, como se dizia. No tempo da regência, a população queria que o bispo afastasse o vigário da matriz, no que não foi atendida. O assunto chegou ao ministro do Império, que chamou os vereadores para repreendê-los. O padre Marques não compareceu e mandou dizer que o ministro não tinha autoridade sobre o Legislativo. Outra vez, numa sessão da Câmara, queimou o retrato de Dom Pedro I, teve que fugir de Resende e só voltou quando o príncipe, pouco depois, abdicou.

Pacífico estava surpreso. O país vivia uma das maiores crises, mas sentia paz e segurança naquela casa, embora a morte também a cercasse. Não quis quebrar o silêncio que se seguiu. O reverendo voltou o pensamento para a sala, onde a família passava quase todo o dia, o chão de largas tábuas, o teto aconchado, o cheiro do café, o relógio. De certa forma, os que aqui viveram continuam na casa, ela nunca se esvazia do que foi. Como se até os familiares imóveis no retrato, vivos ou mortos, pudessem deixar a moldura que limita seus espaços e movimentos e assumir uma presença real. Um dia outros darão continuidade aos passos que hoje circulam nestes aposentos;

retomarão as palavras, os abraços, os beijos, amores e perdões. O que foi, o que será.

Só faltava Benedito — e Samuel torcia para que não voltasse logo da caminhada. Não podia imaginar seu encontro com Pacífico. O cunhado discursava contra o governo federal, elogiava o ouro doado à causa revolucionária, falava da riqueza paulista, do exército invencível. Ali, repetia sempre, com o dedo apontado para o Itatiaia, está a vergonha nacional à espera do primeiro tiro. Vergonha, enfatizava, maldita guerra. E, contrariando suas declarações de paz, mostrava o distintivo da Campanha Constitucionalista, que depois viria a esconder com medo de ser denunciado e preso — um triângulo de linhas arredondadas, com listras da bandeira paulista atravessadas por uma espada. No alto, o dístico da Campanha: *Com São Paulo, pelo Brasil*.

. . .

O mais extraordinário ainda não acontecera. Pedro levou Pacífico para o grande quintal entremeado de árvores, arbustos, flores, frutas. Do porão que reproduzia toda a estrutura da casa — e que viria a se transformar num abrigo durante o bombardeio —, tirou o seu cavalo, um bambu dobrado e amarrado com uma cordoalha que também servia de rédea. Pedro já não brincava de galopar, mas queria que Pacífico visse mais uma de suas invenções. Mostrou-lhe a toca dos coelhos e teve a alegria de ver dois deles saindo em silenciosa disparada. Quase não falaram. Às vezes corria na frente batendo o bambu e os pés no ritmo de um trote ou de um galope. Depois seguiram por uma trilha que contornava o pequeno bosque. Ali desceu com garbo do seu magro animal de taquara e retornaram para casa. Então levou o amigo para o quarto. Abriu a porta devagar, seguro da revelação de um acontecimento importante. Pacífico ficou um instante imobilizado. Quando viu, teve a convicção de que não morreria naquela guerra, talvez não morresse jamais.

A invenção prolonga a vida na terra. Ali estava, sobre a simplicidade de alguns caixotes e tábuas, a reprodução de seus próprios brinquedos de menino, como se ele houvesse algum dia contado o segredo quase esquecido. Pedro olha com espanto a alegria que transforma o rosto do soldado na cara de outro menino. O tenente tira o cinturão, solta depressa os botões, joga a túnica para um lado, arranca as perneiras e as botas. Num instante está sentado ao lado de si mesmo. O tempo recua. Por outras mãos tudo pode começar de novo.

Era uma cidade, a sua cidade de criança: casas, ruas, pontes, veículos, simulacros de seres humanos. Como no seu tempo, todo tipo de objeto servia para compor aquela miniatura de humanidade e de metrópole: botões, rolhas, pequenas caixas e latas, pedaços de metais desconhecidos; homens e mulheres, conforme as marcas impressas nas tampinhas de garrafas — povo de origem diversa, cujas breves histórias agora se juntam aos estilos e formas de uma arquitetura fantástica. Ali estava, para Pacífico, o retorno de uma idade de ventura, onde as coisas, não importava a sua imobilidade, tinham vida própria, moviam-se pelo simples desejo de que se movessem.

Como Pedro, Pacífico deveria buscar espaço para as criaturas que constantemente chegavam à Cidade. Mais difícil ainda era combinar as proporções entre as estruturas de tantos tamanhos e formatos, determinados pelas caixas e peças descobertas aqui e ali. Esperavam com ansiedade que os fósforos terminassem para engatar uma caixa na outra, transformando-as em bondes, carros e trens. O deslumbramento crescia quando o pai, a mãe, ou outro humano qualquer, se dispunha a ouvir as estórias que brotavam daquele mundo controlado pela onipotência do seu pequeno criador. Era tudo verdade. Pela manhã deviam, Pedro ou Pacífico, despertar a cidade, botar os veículos nas ruas. Às vezes, tinham certeza, os habitantes se moviam por si mesmos — e um e outro objeto aparecia onde não estivera. Certa vez — Pedro tinha ainda mais certeza — apareceu uma tampa de garrafa de outra marca, como se um forasteiro houvesse chegado incógnito no meio da noite.

Maria Rita entrou de repente e não escondeu sua surpresa diante do tenente sentado no chão, sem a farda, deslumbrado.

— Ah, a cidade do Pedro! Mas olha, seu Pacífico, o Benedito chegou. Quero que o senhor conheça meu filho.

Pacífico recompôs-se lentamente. Não tinha pressa. Pedro esperou a saída da avó e contou, como num segredo, que ele acabava de conhecer a Cidade dos Homens Pequenos.

9

SÃO PAULO, UMA POTÊNCIA

Como se não houvesse percebido a presença do tenente Pacífico, Benedito continuou o discurso sobre o poder econômico e político de São Paulo. E declarou, com a ênfase de uma novidade que poucos pareciam conhecer, que São Paulo poderia declarar-se independente e se constituir num novo país.

A apresentação foi rápida. Benedito encarava o vulto à sua frente, olhos, cabelo cortado rente, a postura, o uniforme, as botas reluzentes. Samuel tentou introduzir outro assunto, porém o cunhado já estava interpelando o tenente:

— Sei que o senhor vai lutar pelo governo pro-vi-só-rio, contra São Paulo. Eu sou paulista, mas não apóio a revolução. Sou contra a violência, venha de onde vier, ainda mais entre irmãos de sangue. O tenente, Pa-cí-fi-co, não é? — soletrou com uma risada discreta —, o que pensa? Não acha absurdo o que está acontecendo?

Sem esperar resposta, passou a comentar a decisão coletiva que tomara conta do povo paulista. O olhar firme ora corria de alto a baixo o corpo do tenente, enquanto agitava a cabeleira nas sentenças ou palavras mais fortes.

— É um movimento até hoje desconhecido no país, e dificilmente alguém perde uma guerra com aquele entusiasmo todo. E não é só isto, senhor tenente, as armas estão chegando ou são inventadas. Até mulheres, todas voluntárias, pegam em fuzis, recolhem donativos, fabricam uniformes, capacetes de aço, fazem curso de enfermagem. Pegam em armas! Sabe quantas mulheres? Setenta e duas mil! Setenta e duas mil mulheres! Já produziram sessenta mil fardas. Sessenta mil! Até pensei em me alistar. Imaginava que o senhor Getúlio Dornelles Vargas, considerando a força bélica de São Paulo, o número crescente de voluntários, entraria num acordo. Nunca vi nada igual: sirenes de fábricas, buzinas, apitos, até o blém-blém dos camarões, o nosso bonde, enchem os ares, a cidade treme, o povo grita. Olha, tenente, o senhor é tenente, não é? — E depois de apontar para as duas estrelas: — Um primeiro-tenente, não é? Mas não vai me prender, vai? Todo mundo gritava Pedregulho, pedregulho, na cabeça do Getúlio! Depois saímos arrancando placas de ruas e dando a elas novos nomes. Sabe que nomes? Rua Ceará, avenida Amazonas, praça Piauí, alameda Minas Gerais. Já viu coisa mais bonita? E isto queria dizer, pelo menos num primeiro momento, que São Paulo não pensava em se separar do resto do país. Toda essa coisa vem de longe, desde a loucura de 1930. Maldita guerra.

Samuel e Aurora temiam um confronto. Pacífico, à vontade, mostrava-se sereno enquanto observava Benedito. Teria trinta e tantos anos, alto e forte, rosto redondo, óculos de aros grossos que desciam pelo nariz a cada gesto mais entusiasta. Com freqüência intercalava um largo sorriso no meio do discurso. O tom tranqüilo do tenente desconcertou sua veemência.

— Certamente os paulistas têm muitas razões. Mas o governo central estava numa encruzilhada, essas coisas do poder, da política, da economia. É tudo uma loucura, o senhor tem razão. Mas a verdade pode não estar de um lado só. Também não gosto da situação, deste uniforme, das perneiras e botas que me limitam os movimentos e a circulação do sangue. Mas sou um soldado. E agora devo dizer que dificilmente São Paulo vencerá. Vai ficar sozinho. Os estados que o apoiavam estão dando meia-volta.

Lembrou-se Benedito, mas não disse, que até crianças estavam sendo treinadas em São Paulo. Vestiam farda, ganhavam peças que imitavam fuzis e canhões, marchavam pelas ruas do centro com enormes cartazes produzidos no calor da loucura armamentista: "Se preciso também iremos." Tinham a idade de Pedro, no máximo 14 anos. Imaginou o sobrinho vestido de soldado, que horror.

— São Paulo é uma potência — continuou, atropelando as palavras. — Somos o maior centro industrial da América Latina, vinte mil indústrias, mais de trezentos mil operários, exportamos dois terços da produção total do país. Tenente, sabe o que significam um bilhão e meio de pés de café plantados em solo paulista? Com sete milhões de habitantes, um milhão só na capital, podemos agüentar um ano, dois anos, sem ajuda de nenhum outro estado. — E mais devagar, em tom de desafio: — Ninguém desconhece, muito menos um oficial do Exército, que São Paulo mantém este país em pé.

Tais dados, assim reunidos, anunciavam um tempo imprevisível de luta. Benedito ainda sabia da qualidade dos cafés, discorria com segurança sobre datas, tipos de terra, exportações, três xilins por saca. Tanto café, continuou, que em 1895 a colheita nem pôde ser absorvida no exterior. São Paulo deu dimensão internacional ao café. Se aqui no vale do Paraíba Saint-Hilaire registrou mais de 50 mil covas plantadas, isto, imaginem, em 1822, foram os paulistas que o transformaram em ouro verde!

Sua fala apressada de repente saía pausada, meio velada, como se estivesse revelando segredos militares. E se não mudou o curso das coisas, conseguiu mais adeptos do que pretendia. Alguns sentiam o mesmo desejo oculto — que São Paulo vencesse e transformasse o país, acabasse com a corrupção, a ditadura, os assassinatos, o medo.

Mas o entusiasmo de Benedito não escondia o problema que lhe tirava o sono, impossibilitado que estava de regressar à capital paulista. Sentiu uma grande indignação, principalmente quando se ouviram em Resende os primeiros tiros de canhão, numa bela noite de céu estrelado. Então era invadido por idéias absurdas. Pesadelos. Via-se metido numa farda, lenço branco no pescoço, disparando para todos os lados. Despertava irritado. Saía sozinho pelas ladeiras da cidade, contava as árvores, os postes; admirava as charretes, os cavaleiros, o cheiro dos arreios e couros de sua infância. Depois se detinha na ponte para conferir a altura das águas do Paraíba, marcada na enorme régua métrica vertical engastada numa pilastra. Assim, por um pouco, livrava-se dos delírios noturnos, apalpava outra realidade. Os sonhos lhe pareciam uma traição. E por que não sonhava com Carolina? Ou Carminha? Mas bastava chegar um visitante ou amigo da família para recomeçar a pregação e anunciar o triunfo constitucionalista. Por muito menos, afinal, os paulistas haviam pegado em armas em 1924 e em 1930.

Pelo menos acabaram se despedindo num clima de certa emoção, como irmãos. Ele e Pacífico queriam um novo mundo e nada podiam fazer. A paz somente seria reconquistada pelas armas. As palavras não mais serviam, apenas comandavam. O que contava eram as ações. Valiam agora os vôos quase rotineiros do coronel Eduardo Gomes; ou as acrobacias espetaculares do comandante do Corpo de Aviação, apelidado de Melo Maluco, cruzando o seu avião entre as torres da igreja

TENENTE PACÍFICO

matriz. Muitos olhares, voltados para o alto, alimentavam uma secreta confiança naqueles aparatos barulhentos — e já nem mesmo notavam as nuvens e os crepúsculos que todos os dias, ao amanhecer e no fim da tarde, silenciosamente, cobriam o cume do Itatiaia e espargiam sobre os telhados de todas as casas suas cores celestiais. Sobre maus e bons, justos e injustos.

...

As dúvidas do tenente Pacífico, amenizadas com a decisão de assumir o comando que lhe cabia, voltaram com força depois do encontro com o reverendo. O breve discurso sobre a importância do uniforme incomodava-o tanto quanto o aperto de um trajo que considerava impróprio para os movimentos exigidos nas manobras militares. Já havia mencionado esse desconforto ao comando, ainda no curso de oficial da reserva, sobretudo num clima tropical. Um coronel tratou de justificar os usos e costumes que transformavam um homem qualquer num verdadeiro soldado. Acho mesmo, dizia, que simplificaram demais os nosso trajos, a nossa proteção externa. E o levara para a sala do comando, onde um painel colorido contava a história dos uniformes militares brasileiros. Olhe este oficial da segunda companhia das Minas, um Dragão real, de 1730. Veja este soldado do regimento de pretos do Recife, este arqueiro do paço imperial. E o uniforme da cavalaria do Rio Grande do Sul? Agora, disse ainda o coronel, estas ricas vestimentas, que até assustavam o inimigo, viraram miniaturas de chumbo, soldadinhos de brinquedo.

Ao passar pela rua do Rosário, depois do encontro com Benedito, foi interpelado por um senhor de avançada idade. Estava debruçado na janela de uma casa rente à calçada, fachada igual a tantas outras na parte alta da cidade. Perguntou-lhe quando partiriam para a luta, que seja antes que os paulistas cheguem até aqui. Pacífico começou a explicar-lhe algo sobre a estratégia do comando militar, mas foi interrompido. Quero mostrar-lhe a minha coleção de selos raros, caso o senhor se interesse, disse ele. Ou então os milhares de soldadinhos de chumbo que venho fabricando para amenizar a velhice e a solidão, desde que morreu minha mulher. Meu nome é Heitor, pode entrar, a casa é sua. Os óculos, na ponta do nariz, pareciam prestes a cair sobre o cigarro de palha.

A coleção de selos era fabulosa. Trocava e vendia para vários países. E os soldadinhos? — perguntou Pacífico. Por aqui, venha, venha. A enorme mesa de jacarandá, no meio do aposento, brilhava sob um foco de luz. Agrupados segundo diferentes figuras geométricas, as miniaturas de chumbo pareciam prontas para marchar e entrar em combate. Todos os tipos de soldados, todos os uniformes possíveis, cavalos e cavaleiros e armas. Um deslumbramento de formas e cores. Predominava o azul, depois o vermelho, alguns exibiam vários matizes. Sim, também vendia os soldadinhos, vivia disso, selos e soldados, coisas do mundo todo, todos os países. Os selos, eu encomendo. Esses guerreiros, eu os faço como um criador moldando algo à minha semelhança, pois sempre quis ser militar. Agora, velho, vou me desfazendo dessas coisas. Afinal, nada levamos deste mundo, não é verdade?

E os quadros, muitos, rostos de todas as idades. Sim, também pintava, mas abandonei. Tenho 86 anos. Me sinto meio eterno. Não, nenhum filho, apenas parentes distantes no sangue e na geografia, longe, nem sei onde.

Conversaram quase uma hora. Pacífico comprou 100 soldadinhos azuis.

...

A notícia correra com rapidez. Amigos e desconhecidos procuravam saber o que fazia um oficial do Exército na casa do reverendo. A presença constante do tenente se destacava entre os visitantes. Como outros, chegava, de repente partia — e o círculo familiar se fechava sobre si mesmo.

Nesses momentos a doença de Aurora, como um ente autônomo, voltava a dominar o ambiente. Não se falava, mas era como se falassem. Às vezes, ela brincava, olhem o Bichinho, não é um bichano pensativo? Que se passa na cabeça dele? Será o que estamos pensando? Porém [o gato era um dia como um futuro, excluso do meu tempo], e irradiava sentimentos para além da esperança de cada dia. Mas nos interlúdios das pequenas melhoras, quando caminhava pela casa ou pelo quintal, e parecia recuperar a cor, o júbilo era geral. Tudo se revestia de um brilho diferente. Na Cidade dos Homens Pequenos também os singulares habitantes adquiriam mais vida sob os dedos ágeis de Pedro.

Aurora participava de tudo. Das medidas domésticas aos esboços dos sermões que Samuel resumia para ela. E ainda da alegria do esposo ao localizar a Hydra ou o Escorpião disfarçados em constelações celestes; ou das peças que ele executava ou compunha no velho piano. Os sons vinham da pequena sala da frente, e ela preferia imaginar que se originavam de um lugar invisível, longínquo, onde não havia mais morte, nem pranto, nem clamor, nem dor. A música também ressoava na rua e por vezes parava algum atento transeunte. Disto Samuel teve certeza. Ao terminar a execução da *Fantasia do Hino Nacional*, de Gottschalk, ouviu palmas na calçada. Era uma professora de piano, D. Januarina, pequenina, encurvada, avançada em anos. E enquanto durou o conflito armado, e durante os meses de agravamento da enfermidade de Aurora, Samuel foi descobrindo, no intercâmbio de partituras e na agilidade de ambos no teclado, uma certeza maior do que a potência de São Paulo ou a potestade do governo central — a esperança da paz que um dia, certamente, voltaria a ecoar sobre a cidade. [Um calmo e doce descanso.]

10

PODE SER UM ANJO

Os dias para Samuel não se contavam segundo as rotinas do Rio de Janeiro, menos ainda para Benedito, habitante da desvairada Paulicéia. Ele e o cunhado, além das divergências políticas, estavam agora sujeitos a outras cadências, as mazelas nacionais rondando a casa, os dias, as noites. O tempo se alongava, os objetos adquiriam um contorno indecifrável. A agitação dos primeiros dias se havia arrefecido; mas de repente algum fato extraordinário rompia o novo ritmo imposto à cidade. Samuel tentava consolar a todos — e a si mesmo — com eventos bíblicos de tempos não menos perversos. Jeremias, o profeta, já havia aconselhado: não desfaleça o vosso coração, não temais o rumor que se há de ouvir na terra.

Com freqüência, o amanhecer na casa da rua Padre Marques era de expectativa. Acordar cedo, tomar o café, cumprir o ritual do culto — e estar preparado. Qualquer minuto seguinte poderia quebrar o silêncio da espera. Assim foi no meio da semana. A família ainda entoava o hino 266, *Por nossa Pátria oramos*, quando chegou o doutor Paixão. Em seguida, o treco-treco do motor de um carro abafou por instantes o cântico doméstico.

João Barbosa e João Tavares, ó de casa, ó de casa, entraram pela porta sempre aberta. Depois Pacífico, de volta sempre que surgia uma folga. Samuel só se moveu no final da última estrofe. Levantou-se sorrindo, não apenas pelas visitas, mas porque Aurora havia previsto o que acabava de acontecer. Ele estava convicto de que a doença despertara na esposa um outro sentido — e por vezes se assustava com a precisão de suas antecipações.

Pedro correu para a porta. Gostava do novo carro de João Barbosa, do convite que sempre lhe fazia para dar uma volta. João Tavares sentou com dificuldade seu peso na poltrona de vime. Foi direto ao assunto. Não se tratava de uma conversa qualquer, nem era costume estarem juntos numa visita. Tinham notícias recentes. Não, não eram nada boas. O reverendo percebeu certo constrangimento com a presença do tenente. É homem de confiança, disse. Foi envolvido pelas circunstâncias. Além disto, acrescentou, o tenente deve saber muito mais do que todos nós.

O tenente sabia. Uma tropa do 3º Regimento de Infantaria, excepcionalmente treinada, havia chegado naquela manhã com uma bateria de artilharia pesada, outra de montanha e um regimento de cavalaria. Sabia também que a viagem do ministro da Viação, José Américo, ao Nordeste havia mobilizado mais dez mil homens.

— Tudo isto — disse João Tavares — confirma o que viemos fazer aqui. Fomos chamados pelo comandante das tropas em Resende. Ele considera a situação delicada. Pediram apoio, inclusive para eventual uso de nossas fazendas. E advertem que é possível um ataque paulista a qualquer momento.

João Barbosa falou a seguir. Ali estavam para convidar a família para sair da cidade. As fazendas de Resende e de Barra Mansa estão livres. A do Tanque, a Itatiaia e a Babilônia já foram ocupadas para alojamento das tropas. A Santa Casa concentra 200 homens. E ainda os cinemas Odeon e Central. E os grupos escolares. É verdade que nem nas fazendas estaremos de todo seguros. Mas se os paulistas tomam Resende, que Deus nos livre e guarde, vamos ter combates dentro da cidade. E podem nos bombardear. Ou ainda avançar pela estrada de ferro com o seu trem fantasma.

Pacífico pensava que a informação sobre o trem blindado dos paulistas não fosse de domínio público. Mas também não quis adiantar que aviões governistas haviam jogado as primeiras bombas em Cachoeira Paulista, atingindo efetivos do exército constitucionalista.

O reverendo agradeceu. Ficou de pensar. Na verdade não lhe agradava a idéia. Nas visitas pastorais às fazendas sentia-se incomodado com os alambiques engolindo os tocos de cana e despejando aguardente pelas torneiras de cobre. Maria Rita queria partir o quanto antes. Aurora achava que não. Benedito foi categórico: é prudente esperar mais uns dias.

— Seria bom decidir até amanhã. Ponho o automóvel à disposição — insistiu João Tavares. — São apenas três léguas até a Boa Vista ou a Boa Esperança. Em duas horas estarão lá, tranqüilos. Ou pelo menos sem os riscos da cidade, essa soldadesca solta por aí, desculpe, tenente; e tantas criadas e mocinhas se prostituindo. Uma temporada na fazenda, concordava o doutor Paixão, poderia ser bom também para Aurora. Pensava ela no filho caçula, na fazenda desde o início da revolução, mais seguro lá do que na proximidade de suas tosses e dos tiroteios.

Os fazendeiros estavam divididos politicamente. O Brasil tanto precisa do progresso de São Paulo quanto de um governo forte como o de Vargas. Só não estavam gostando da ameaça de um levantamento das fortunas particulares e declaração dos estoques de gêneros alimentícios. Se diz que podem necessitar de nossas contribuições para a guerra civil. Nem os estrangeiros escaparão. Está bem que castiguem os boateiros e controlem as saídas da cidade com salvo-condutos. Mas esse negócio do toque de recolher às dez da noite e a proibição de ouvir as transmissões de São Paulo... Estará certo, tenente?

O reverendo tinha ouvido a proclamação do coronel Daltro Filho e concordava com a proibição da venda de bebidas fortes, o que atingia diretamente as pingas que corriam nas bicas dos fazendeiros. Benedito anunciou que prepararia o porão da casa para qualquer emergência. Ao menos teremos onde nos abrigar de algum bombardeio, disse Aurora, para tristeza da mãe, convicta de que os paulistas jamais fariam uma coisa dessas.

...

O doutor Paixão. Leal Paixão. Constante Leal Paixão. Assim se chamava. Um homem e seu nome, dizia Samuel, como se o houvessem batizado depois de médico feito, tanta a harmonia entre a sua natureza e os três adjetivos que encabeçavam o receituário de clínico geral, virtudes que muitas vezes pareciam incomodá-lo. Ou como no Antigo Testamento, pensava o reverendo, onde os nomes correspondiam à vocação ou ao destino de cada um — e assim podiam ser mudados, adquirir outro significado.

O doutor Constante Leal Paixão vinha acompanhando o caso de Aurora desde que ela chegara a Resende. Parecia a única enferma sob seus cuidados. Nem sempre, era verdade, respondia às dúvidas que se iam juntando na trajetória da moléstia incurável; mas a presença do médico provocava um bem-estar próximo da cura, pelo menos de certa paz.

Por vezes o reverendo tinha a sensação — decerto no plano das tentações — que o doutor poderia simbolizar a manifestação de um ser um tanto sobrenatural, assim como um [anjo que extermina a dor.] E até mesmo quando o doutor, como que se desculpando, declarou que não cria nem descria, ainda assim Samuel continuou a mirá-lo com um respeito acima do que se deve a uma criatura qualquer. (Pensando nisto, tempos depois, lembrou-se que nunca soubera, ou não se recordava, de onde viera o doutor; e por que andava sempre sozinho.) Pois Abraão e Ló, e outros seres bíblicos, não haviam recebido anjos em casa, que comeram e beberam com eles? E não aparecem os anjos na Bíblia mais de 300 vezes como mensageiros de Deus, umas 70 referências só no Apocalipse? Legiões de anjos. Alguns se destacam em missões especiais. Uriel, Rafael, Miguel, Gabriel. Milton deles se ocupa extensamente no *Paraíso perdido*, perdido por nossos primeiros pais. Mas guardou essas imagens só para si. Ao mesmo tempo se perguntava como um homem tão reto poderia não crer; porém logo reconhecia a fraqueza de tal raciocínio, ele que sabia de tantos crentes hipócritas e mundanos e fabricantes de cachaça. Certamente Deus usava de muitos meios para animar e curar os enfermos — mudar as coisas e recomeçar o mundo.

...

Quando não havia ninguém na sala, onde Aurora passava quase todo o dia, Maria Rita vinha conversar — e então se transformava em outro anjo da guarda, como se quisesse transferir o mal para si mesma, desde que não podia extirpá-lo como num milagre. Era apenas um consolo, bem sabiam. Que diferença da mãe rabugenta das memórias de infância. Falava mais baixo, só para ela, sem barreiras. Aurora, minha filha — sempre começava assim, e muitas vezes repetia palavras de outras conversas. O mal, dizia assim em surdina, como numa prece, é um grande erro da criação, que Samuel não ouvisse. Inocentes são sacrificados nesse acaso misterioso que a uns ataca e a outros deixa gozando a vida que nem mesmo merecem. As pestes universais, as bactérias, bacilos, micróbios, miasmas — nem deveriam ter sido criados. Aurora, minha filha — e se contradizia —, não fosse a doença, talvez não houvesse esperança; ou quem sabe poderíamos esperar coisas muito mais necessárias. Mas continuo a pedir que Deus se lembre de nós, que aja através dos médicos e dos remédios, já que assim ele fez o mundo.

Aurora quase sempre silenciava — e recordava a mocidade exuberante, os pretendentes que a homenageavam com flores, bilhetes ou regalos mais consistentes. Quando conheceu Samuel, ainda seminarista, sentiu-se tomada por sua cultura, elegância, simplicidade; e pelo sentimento com que se sentava ao piano e improvisava a partir de um tema conhecido — Chopin, Beethoven, Mozart, Bach. Às vezes a partitura simples de um hino se transformava numa peça, o tema se multiplicava em acordes cada vez mais complexos, *ad libitum*, como se a inspiração não se esgotasse.

Uma noite, a do noivado, família, colegas e amigos reunidos, alguém sugere que Samuel reproduza no piano a emoção daquela hora. Fez-se silêncio. Seus olhos serenamente voltam-se para Aurora. Pede um tema. Mais silêncio. A noiva levanta-se devagar, atravessa a sala com elegância. Toma uma flor do buquê que o noivo lhe oferecera. Coloca-a com delicadeza no lugar da partitura. Palmas. Silêncio de novo. Aurora permanece ao lado do pianista, surpreso, embaraçado. Soam as primeiras notas na mão direita, isoladas, soltas, suaves, adágio de uma rosa que se vai desabrochar. O acompanhamento, sincopado, repete o tema das notas agudas. A melodia vai crescendo — andante, moderado, alegreto, alegro, vivace. Pausa. Segundo tempo. Invertem-se os movimentos — do meio-forte para piano, pianíssimo.

11

COISAS DO ESPÍRITO E DA MATÉRIA

A censura fora decretada em todo o país: imprensa, rádio, correspondência. Em São Paulo a pressão era menor, mas os jornais paulistas evitavam informações que pudessem abalar o arrebatamento popular. Já em 11 de julho, dois dias depois de deflagrado o movimento armado, os diários anunciavam que 10 mil voluntários haviam engrossado as fileiras do exército revoltoso. O povo comemora nas ruas, entre flores e músicas marciais. Um Waco Potez-Toc, da frota aérea paulista, despejara sobre o Rio de Janeiro 50 mil folhetos e 5 mil exemplares de *O Estado de S. Paulo* e de *A Gazeta*. Para espanto dos militares, os dois jornais continuavam a chegar às cidades do vale do Paraíba, no Estado do Rio de Janeiro. Como também *O Farol da Revolução* e *O Libertador*, órgãos constitucionalistas publicados clandestinamente na sede do governo federal.

O último número de *A Gazeta* deixou o reverendo indignado. No discurso de posse de Bertholdo Klinger, o general Izidoro Luiz conclamara o povo para a santa causa da revolução. Foi o que disse, comentou, *santa causa*. É a linguagem religiosa, palavras do vocabulário da fé justificando a guerra, as mentiras da política. Blasfêmia.

Mais de uma vez tocara no assunto com Pacífico; mas gostaria mesmo, disse, de discutir a questão com o vigário de Resende. Se as diferenças doutrinárias entre católicos e protestantes alimentavam polêmicas sem fim, diante de uma guerra as rivalidades teológicas talvez não passassem de ninharias. Mas as palavras podem enganar, expressar coisas opostas — ou nada significar, como as que saem da boca de pregadores que apenas bradam. Como somos governados pelos sentidos, disse Vieira, podem os brados mais do que a razão. E nem sempre os fiéis se dão conta das armadilhas do púlpito. A começar pela separação entre sagrado e profano, rompendo coisas que mutuamente se pertencem. O que está acontecendo, Pacífico, tem um toque satânico. Veja, Alcântara Machado disse aos acadêmicos de São Paulo que o *milagre* do rádio permite ao homem compartir com Deus o poder da *onipresença*! Estas palavras, e outras, como oração, missão, hino, vão para o vocabulário militar no contexto de uma "santa causa". Até Agostinho, no quarto século, havia se referido a essa confusão. Hino, para ele, era canto de louvor a Deus. Se não for de louvor, não é hino; se louvar a alguém que não seja Deus, também não é hino. Perde-se o mundo da transcendência nessa distorção léxica, no uso promíscuo dos mesmos termos para convicções e ações absolutamente opostas.

O tenente estava perplexo com a veemência do pastor. Sua mansidão, mesmo quando dizia coisas mais fortes, ou repreendia pecadores, desaparecia em circunstâncias nem sempre muito claras. Certamente sua própria figura, um crente vestido de guerreiro, contribuía para a angústia do reverendo. Mas arriscou, na expectativa de que um sorriso justificasse a exegese não muito apropriada ao sentido figurado do texto. Não aconselhava o apóstolo Paulo, disse, a tomar toda a armadura de Deus, usar o escudo da fé, o capacete da salvação, a espada do Espírito? Não fala a Bíblia numerosas vezes no Senhor dos Exércitos?

Admirou-se Samuel da pronta lembrança de Pacífico. Sorriu também. Quem sabe deveria pensar mais sobre essa aparente babel que, em vez de confundir as línguas, mistura indevidamente coisas do espírito e coisas da matéria. Riram ainda mais quando o tenente, entre sério e irônico, afirmou que o seu fuzil também tinha alma. E, diante da surpresa do reverendo, explicou que assim se denominava o interior de uma arma de fogo.

Não, não que o vocabulário deva ser exclusivo, reconhecia. Mas sim evitar a confusão, o engano. As palavras, a linguagem, retratam o mundo, disse um filósofo; e representam coisas com as quais devem estar correlacionadas. A mistura cria ambigüidade, ultrapassa os limites da própria linguagem. Então, só a poesia pode fazer isto, porque [é a linguagem do coração, do amor]. Mas na guerra, na propaganda da guerra, as mentiras transformam palavras da revelação e da vida na glorificação da vulgaridade, da sede do poder — e quanto mais absoluto, maior a distorção. A verdade anda tropeçando pelas ruas, dizia poeticamente o profeta Isaías.

Pacífico não compreendia bem aonde Samuel queria chegar.

Também as imagens, continuou, como representação de coisas espirituais, podem torcer a realidade. O Cristo do Corcovado, faz um ano, lá no meio das nuvens, não passa de um gigante de 38 metros de altura, rosto um tanto duro, beleza duvidosa. Cada mão, com três metros de comprimento, pesa oito toneladas. Disseram os jornais que a estátua brilhou resplandecente como um relâmpago, ou um *milagre*, quando o cientista Marconi, através de ondas hertzianas, acionou uma chave elétrica lá de Gênova e o Cristo de pedra-sabão iluminou-se. De Gênova, a bordo de um navio. No mesmo instante, no alto do Corcovado, autoridades religiosas e políticas, ao lado do presidente Vargas, esperavam o sinal mágico. Não proíbem as Escrituras a feitura de imagens? E eis a dureza de um Cristo de pedra imposto por uma confissão religiosa sobre uma população de crenças tão diversas. Que não diria João do Rio. Mas também não me pareceu convincente a campanha do pastor presbiteriano Álvaro Reis. Queria, em contrapartida, a implantação dos dez mandamentos da lei mosaica no Pão de Açúcar. À noite, é verdade, é bonito aquele facho de luz pairando sobre a cidade, às vezes iluminando as nuvens, suspenso nos ares como um aviso da segunda vinda. Curioso — Samuel havia falado num só fôlego —, os documentos cartográficos do século XVI chamavam os 700 metros do Corcovado de Pináculo da Tentação.

. . .

De repente os jornais de São Paulo desapareceram. O sistema de distribuição fora descoberto. Dizia-se que Vadoca era peça importante, talvez inocente, da rede de espionagem organizada pelos paulistas. Para espanto geral, foram presos filhos de fazendeiros e de comerciantes metidos nas operações clandestinas. Vadoca foi liberado e ainda alcançou um enterro anunciado pelo sino da matriz. Ainda assim, um e outro exemplar dos jornais proibidos, e folhetos de propaganda revolucionária, continuavam a aparecer nos bancos das praças e até no átrio de alguma igreja. Daí passavam a circular, até que as folhas se desfaziam no manuseio de tantas mãos.

Benedito, sem dizer como, conseguia um e outro jornal de São Paulo — e comparava as notícias, embora prevalecessem as divergências entre ele e o cunhado. Mas estavam de acordo que era absurdo D. Mamede, bispo do Rio de Janeiro, dar a bênção sobre decisões militares tomadas pelo comando das tropas governistas.

...

14 de julho, quinta-feira. Hoje, como ontem, como anteontem, tive que ler para minha avó os jornais que meu tio e meu pai já tinham lido para ela. Ela não enxerga muito bem, mas acho que exagera, pois é exagerada em tudo, até mesmo para ouvir a mesma coisa várias vezes e para saber de novo quem morreu. Ela sempre conhece alguém que aparece na seção dos falecimentos e conta muita coisa, algumas até engraçadas. E aí se lembra de algum parente do falecido, depois outro, e mais outro, até parece que conhece todo mundo em São Paulo. Cada dia as notícias são mais complicadas, cada dia mais gente aparece em casa para falar com o papai. Acho que essa guerra não vai acabar nunca, nem vamos ter mais aulas.

...

A casa do reverendo tornou-se um centro de informação e debates. Vizinhos e amigos apareciam a qualquer hora para folhear os jornais que se acumulavam na sala de entrada. Mais que tudo, porém, para ouvir sua interpretação sobre o que liam ou ouviam. Nunca antes Samuel havia dedicado tantas horas aos jornais e à política. Sentira, no início, certa culpa pelo tempo que tirava do estudo da Bíblia, da música, de uma literatura mais edificante. Entrara numa atividade intensa. Atendia, sem pressa, a quantos o procuravam; visitava, às vezes a cavalo, famílias refugiadas nas fazendas; participava de campanhas para prevenção e ajuda a feridos; e dirigia a igreja local. Mais perplexo estava ele próprio.

Quando Aurora tentou mostrar-lhe o perigo que corria uma saúde débil como a dele, respondeu biblicamente, sorrindo: o poder se aperfeiçoa na fraqueza. Pouco a pouco, nesse exercício cotidiano, foi descobrindo novos caminhos para expressar o compromisso da fé — e como fazer do púlpito um lugar de reflexão sobre a realidade humana naqueles tempos de tribulação. O domingo devia dar alguma resposta ao peso da semana, como se cada dia houvesse sido avassalado por um tanque de guerra. Por se multiplicar a iniqüidade, o amor se esfriará de quase todos. E antes que procurasse as autoridades militares, como pretendia, foi chamado ao quartel das forças federais.

— O senhor é o reverendo Samuel de Araújo, pastor prebisteriano na capital, não é fato?

— Sim, major, eu sou pastor presbiteriano — e enfatizou a primeira sílaba.

— Muito bem, pres-bi-te-ri-ano — repetiu o oficial com um sorriso. — Mas eu também não sou major. Sou coronel. — E mostrou as estrelas no ombro.

— Desculpe, senhor coronel, eu não estou muito acostumado com as estrelas aqui da terra... Mas por que fui convocado?

— Não é bem uma convocação. Mas queremos saber, ainda mais dizendo o senhor que não conhece a hierarquia militar, de onde consegue tantas informações sobre a situação. De onde vêm tantas notícias?

— Dos jornais, coronel, dos jornais.

O oficial fez um ar de espanto.

— Como, se há coisas que o senhor comenta e que não estão em nenhum jornal?

Samuel sentiu-se mais seguro. Mediu bem as palavras, sorriu.

— Talvez seja o mesmo que está acontecendo comigo nesta conversa. Se me permite, como o senhor está sabendo o que eu sei e comento?

— Ora, reverendo, terá o senhor informantes no Exército?
— Não queria dizer isto. Mas devo concluir que há informantes que me visitam?
— Suas conclusões não interessam ao comando federal. Mas estou admirando a sua ousadia, senhor reverendo.

A conversa prolongou-se por mais meia hora. O oficial insistia em conhecer as fontes de Samuel; mas ele voltava a falar nos jornais, inclusive na distribuição clandestina — o senhor sabe, quase todo mundo consegue ler. O encontro ficou mais tenso quando o coronel mencionou a presença de Benedito Aranha. Ele vem todos os anos, só que agora não pode voltar a São Paulo, explicou Samuel; mas percebeu que o oficial sabia mais sobre a posição política do cunhado. Estranhamente, não se referiu a Pacífico. Mas estava ainda curioso: por que um pastor tinha assim tanto interesse na política, especialmente numa luta como aquela?

— O assunto é de todos nós, ninguém pode ficar indiferente. E sabe o senhor por quê? Porque não há corpos sem almas, nem almas sem corpos — e por isto todos os soldados e todas as vítimas devem ser amparadas materialmente e espiritualmente. Ainda mais sendo irmãos...

— Não é preciso fazer um sermão, reverendo... — replicou com simpatia. — E quero aproveitar a ocasião para saber se o senhor quer assumir um posto de capelão. Temos alguns padres, há uns poucos pastores em outras frentes, mas nenhum neste comando.

Uma surpresa o desfecho do encontro. Não sabia como reagir. Talvez estivesse sendo cooptado pelos militares, que assim controlariam os seus atos, talvez suas idéias. Mas também ficaria mais informado. Pensou na saúde, a de Aurora, a sua; na situação insólita de entrar na linha de frente, o corpo magro estufado com um uniforme como o de Pacífico. Numa trincheira, o tenente atirando, atirando, corpos desabando a seu lado. Subitamente volta-se para ele com espanto, os olhos fumegando, oh!, o reverendo por aqui!

O coronel parecia compreender o silêncio e o embaraço do reverendo. Tratou de explicar, não se trata necessariamente de ir para o *front*. Precisamos do senhor em Resende. Vamos ter soldados chegando, muitos feridos, todos necessitados do tal apoio espiritual. Há ministros protestantes e padres católicos prestando assistência aos batalhões paulistas. O pastor ficou sem reação quando o coronel se referiu aos crentes como excelentes soldados, cumpridores de ordens sem hesitação, corajosos, capazes de sacrifícios que muitos homens de carreira tratavam de evitar.

— Coronel, se me permite uma pergunta, o senhor professa alguma religião?

— Reverendo, como a maioria do povo brasileiro, sou católico. E como a maioria dos católicos, não vou a missa há tempos. E aproveito a oportunidade para lembrar que o estado de guerra exige controle sobre as comunicações, fiscalização de reuniões — e até de cultos.

Que diria o coronel se soubesse que o cenário da guerra, suas contradições e combates tinham vida própria dentro de sua própria casa. A Cidade dos Homens Pequenos reproduzia a verdade e a ficção dos espaços em luta numa escala que permitia, num relance, contemplar as operações militares. Assim deveriam ser as guerras — e a imaginação de Samuel foi muito além do salão embandeirado e da farda e estrelas terrenas do coronel. As revoltas humanas se reduziriam a um grande tabuleiro, um jogo de xadrez de muitas peças nomeadas segundo a hierarquia militar. O que responderia se ele perguntasse. Sem querer, falou em voz alta *Puerilis haec sustetia est*. O coronel olhou com espanto, nada comentou, talvez fosse uma reza. Se tivesse que traduzir, certamente o oficial não iria gostar que o reverendo, influenciado pelas batalhas no quarto de Pedro, considerasse tudo aquilo um maldoso brinquedo de meninos.

Daria resposta no dia seguinte. Mas tinha algo para pedir, disse, sem querer abusar da circunstância e da confiança nele depositada. Preciso de um salvo-conduto para viajar. Tenho no Rio de Janeiro uma igreja, filhas, parentes, amigos, compromissos. Coisa de poucos dias. E, se não for muito — e sorria mais à vontade —, que a data coincida com a próxima viagem do Graf Zeppelin, o *D—LZ 127*. Vi sua chegada ao Campo dos Afonsos no dia 27 de maio, aquele grande engenho prateado e silencioso brilhando ao sol das sete horas da manhã. Um invento muito mais belo do que a esquadrilha de aviões que o acompanhava. Cinqüenta passageiros, 42 tripulantes, quase mil quilos de provisões. Vôos sem trepidação, sem enjôo, apenas cinco dias da Alemanha ao Rio. Uma beleza. Principalmente, coronel, porque era um tempo de paz.

— Reverendo...

— Desculpe a interrupção, mas gostaria de oferecer-lhe um Novo Testamento. — Samuel tirou do bolso o pequeno volume, estendeu-o ao coronel. — Nele escrevi a frase que levou Agostinho à conversão, ouvida por ele no canto de uma criança: *Tolle, lege*. Toma, lê.

— Reverendo, o senhor é um homem muito bem informado — disse o coronel, despedindo-se com uma continência.

Samuel correspondeu automaticamente ao gesto do oficial.

12

OS HOMENS VOAM COMO PÁSSAROS

O ronco de um avião interrompeu a partida de damas que Pedro e Genivaldo Ferreira, o seu Genico, jogavam no balcão do empório. O aparelho voava baixo, como se buscasse um pouso. Seu Genico saiu mancando, mais ligeiro do que lhe permitia a perna defeituosa. Sentiu-se no filme de Clark Gable, *Gigantes do céu*, que havia visto no cine Palácio, no Rio.

Em minutos encheram-se as ruas quase sempre desertas. Algum acontecimento extraordinário acabava de chegar nas asas de um pássaro gigante, quem sabe, a deflagração havia dias esperada. Como Genivaldo, muita gente achava que o conflito deveria ser resolvido de imediato, com a maior violência, todas as armas possíveis. Serão menos os mortos, reduzidos os gastos bélicos. Diariamente isto se discutia na venda, como antes se falava das enchentes do Paraíba, das últimas descobertas da ciência ou de religião. E, assim como não perdia uma partida de damas ou de xadrez, seu Genico queria ter a última palavra em todos os assuntos. E entre comentários e movimentos das pedras no tabuleiro servia os fregueses, retirando os gêneros distribuídos em sacos de estopa no pequeno aposento.

A avioneta, em piruetas elegantes, contornou a cidade duas vezes. Não, não queria pousar. Na segunda volta, quase tocando os telhados, despejou uma enxurrada de papéis coloridos. Os volantes corriam pelas ruas, penetravam em portas e janelas, pousavam no topo de árvores; ou tocavam suavemente o peito e o rosto dos transeuntes. Belo espetáculo. Grandes confetes rondando os céus numa algazarra silenciosa. Resende, que conhecia a força das águas do rio, nunca havia assistido a uma inundação descida dos céus, quase uma festa, todos queriam mais de um volante, embora logo se dessem conta de que, malgrado as diferentes cores, transmitiam o mesmo recado. Mas nem houve tempo para ler toda a mensagem. Três aviões surgiram do outro lado da cidade. Finalmente. Até que enfim assistiriam a um combate aéreo sobre suas cabeças. Porém já não mais se ouvia a grande ave estrepitosa, distante, altíssima, voando segura entre as nuvens do entardecer, rumo a São Paulo. Os aparatos federais desistiram da caçada, sobrevoaram a cidade em curvas arriscadas — era preciso mostrar a superioridade dos pilotos governistas. Um deles repetiu o vôo inclinado entre as duas torres da matriz; outro passou por baixo da ponte, como se fosse pousar no rio Paraíba.

...

Que beleza, os homens agora são como pássaros, muito barulhentos, é verdade, mas podem fazer o que antes só as aves conseguiam, decerto os anjos, só que ninguém vê. Eu consegui pegar papéis de todas as cores, uns cinco ou seis, mas seu Genico disse para esconder, que os soldados não iam gostar. Depois de tanto ruído tudo ficou muito quieto, as pessoas quase nem falavam de tanto medo. Um homem disse que ouviu o metralhar de uma metralhadora. Aí voltamos para a venda, cheia de gente. Seu Genico disse que ia ler o manifesto dos paulistas antes que chegasse alguma patrulha; e que depois todo mundo guardasse o papel no bolso e fosse para casa, que isto não acontece duas vezes num dia e nunca antes havia acontecido em Resende. Aí eu pedi para ler e ele deixou. Eu vou colar o volante no meu álbum, acho que o tio Nino vai gostar.

...

"Ao povo brasileiro... Sem ligações com partidos políticos, simples cidadãos colocados em situação de observar os fatos com serenidade, vimos trazer ao povo brasileiro o nosso depoimento leal sobre os acontecimentos de São Paulo. São Paulo não pegou em armas para combater os queridos irmãos dos outros Estados nem para praticar a loucura de separar-se do Brasil, mas unicamente para apressar a volta do País ao regime constitucional. Enganam-se os que supõem que a atitude de São Paulo esconde propósitos separatistas e é obra de partidarismo político. Podemos afiançar que é essencialmente nacionalista e sem o mais leve colorido partidário."

...

— Vejam — interrompeu Genico —, o primeiro nome é de Dom Duarte Leopoldo, arcebispo metropolitano. E até Guilherme de Almeida, da Academia Brasileira de Letras, assina o documento. Isto aqui é História — exclamou, sacudindo o papelucho.

A conversa passou das seis. A cidade custou a dormir. Essas máquinas voadoras provocam emoções desconhecidas, insônia, vontade de ir ao banheiro. Genico elogiava a coragem dos pilotos, a velocidade dos aviões. E imaginar, completou, que o primeiro vôo entre São Paulo e Rio, em 1914, levou quatro horas e meia. Hoje temos a Condor voando para Porto Alegre, a Panair para Buenos Aires e Nova York, a Aeropostale para a Europa.

O movimento continuou nas ruas. Muitas casas não acenderam as luzes, mas permaneceram em vigília. O avião paulista não voltaria, mas outras coisas surpreendentes poderiam acontecer. Benedito recuperou seu discurso contra o governo federal. Diria ao tenente que meditasse sobre a sinceridade do documento e abandonasse o exército. Samuel lamentou a intromissão do clero na política. Nas casas dos fazendeiros a noite foi de preparativos para abandonar a cidade.

Pela madrugada as charretes já estavam prontas, os cavalos arreados, malas e baús arrumados nos estrados dos carros de bois, protegidos por esteiras laterais de tela ou de taquara, cobertos com couro de boi impermeável à chuva ou ao sol, aos imprevistos dessas longas viagens. Sendo tempos de conturbação, havia reforço de moringas d'água, e alguns farnéis levavam virado de frango e tutu de feijão, coisas que se podem comer com a mão. Diante das respectivas casas, os fazendeiros seguiam um ritual semelhante: conferir as montarias, as cargas, as braçadeiras; repetir as recomendações para viajantes e charreteiros, despedir um a um filhos e sobrinhos. As esposas acompanhavam as caravanas, conformadas com as decisões dos maridos; e até os olhavam como pequenos heróis — que guerras e revoluções não eram coisas para mulheres e crianças. Hoje atiram papéis dos aviões, amanhã despejarão bombas. Mas Deus nos livrará dos paulistas, protegerá a viagem. Afinal, são três ou quatro léguas, algumas horas de estrada precária beirando ribanceiras, matas fechadas, rios caudalosos.

O dia começa a luzir. Os animais arrastam lentamente os veículos lotados, ganham impulso, desaparecem na curva da rua. Agora, avisar as fazendas, girar a manivela do telefone, falar alto, muito alto.

...

A partir desse vôo inopinado, e intensos exercícios militares no ar e em terra, mais espanto e mais medo se apossaram da cidade. Até então as muitas guerras que se alastravam pelo mundo não afetavam as rotinas familiares; e as mortes, muitas que fossem, não tinham nomes, eram acontecimentos silenciosos e remotos. Os adultos daquele ano de 1932 tinham acompanhado a Grande Guerra Mundial, mas as notícias, quando chegavam, haviam se diluído na indiferença do tempo. Os 8 milhões e 700 mil mortos, desconhecidos todos, não faziam nenhuma falta — apenas refletiam a vaga sensação de perigo de um mundo castigado por Deus, mas, louvado seja, suficientemente longe. Em comparação com as atrocidades da Grande Guerra — Alemanha, França, Rússia, Grã-Bretanha, Turquia, Áustria-Hungria —, as revoluções brasileiras de 22 e 24, também distantes de Resende, não passavam de simples ensaios ante a guerra que devastara todo o continente europeu. Sem falar de um provável novo conflito mundial que já ameaçava o planeta. O reverendo lembrava Erasmo — *bellum dulce inexpertis* —, que Pedro fez questão que o pai registrasse no diário, com a devida tradução: bem parece a guerra a quem longe dela está.

Mas o tenente Pacífico tem nome, rosto, corpo, alma — e essa presença física de milhares de guerreiros havia criado uma atmosfera até então desconhecida, onde o bem e o mal se entrelaçavam, onde tudo podia acontecer — até mesmo discutir-se o divino papel nessa humana circunstância. Os espantos se sucediam diariamente, nem sempre de ordem bélica. A praça da Matriz, na tarde do último domingo, antes mesmo que a missa terminasse, fora invadida por uma Cruzada Evangelística. O tempo finda, gritava um americano para uma pequena multidão entusiasmada. Cura tua alma e teu corpo. Os milagres chegaram a esta vila, afirmava com forte sotaque, agora podem ouvir a verdadeira boa nova. O tempo está próximo! Aleluia! Aleluia! — exclamavam os ouvintes. Samuel foi se apercebendo do quanto os acontecimentos aceleravam a confusão e a busca de soluções rápidas, que transcendessem as incertezas e sofrimentos. A fé se manifesta sob modos diversos, segundo a capacidade de cada um. Talvez o mal e o bem, desde os primeiros tempos, se constituíssem num propósito comum. Mas não diria essas coisas do púlpito. Bastava, por ora, que Deus aceitasse as suas dúvidas — e assim, quando se ajoelhasse antes de dormir, estariam mais próximos um do outro.

Pensou então, no ciclo dos sustos cotidianos, que poderia oferecer-se para ir à frente de batalha e negociar diretamente a paz; ou, se não lho permitissem, o que era muito provável, arriscar-se por conta própria numa viagem até Formoso — e desafiar as armas dos senhores da guerra em nome do Senhor da paz. No entanto, sorriu. Bem sabia. Sabia muito bem não ser exatamente o homem para iniciativas desse porte nem gozava de saúde para tanto. Porém sentia-se de posse de outra força, embora o coração cansado por vezes se agitasse com esses arroubos da imaginação. Também acontecia em algumas prédicas, quando tratava de conter as palavras e os gestos para que o excesso de zelo não lhe explodisse no peito. De repente retomava o entusiasmo, como se não fosse ele que se movimentasse no púlpito.

Samuel mantinha sua trajetória diária até a estação, quase sempre na companhia de Pedro. No meio da ponte, na ida e na volta, paravam na contemplação das águas do Paraíba. Moitas de capim, restolhos de pau, objetos indefinidos viajavam num vagaroso silêncio. Às vezes o barco colorido de um pescador solitário misturava-se ao reflexo de nuvens e vultos das casas ribeirinhas, espelho da cidade e do céu — sombra das coisas que um dia seriam conhecidas. Pai e filho nada dizem, apenas acompanham aqueles restos boiadouros de cor barrenta — assim como tanta coisa que se esvai da memória.

Homens e armamentos continuam a chegar. Samuel compra os jornais, contempla de novo a rotina de sempre, movimentos iguais, como se os mesmos homens de sempre chegassem todos os dias de novo. Então, não sabia bem por que, elegia o rosto de um soldado qualquer e tentava guardar-lhe a fisionomia. Mas deixou de fazê-lo a partir de um estranho sonho. A face escolhida ia crescendo entre os acordes de um improviso, até que o semblante perdia a nitidez e se dissolvia num *molto fortissimo*. Bem disse Heráclito que os homens acordados vivem um mundo comum, mas os que dormem recolhem-se a seus próprios mundos. Com esse, e outros desvarios noturnos, perdia o sono. Levantava-se, percorria toda a casa numa ronda silenciosa. Ia ver se todos dormiam, se Aurora estava bem, se eram tranqüilos os demais sonhos da casa às escuras. Mais de uma vez ouviu barulhos na Cidade dos Homens Pequenos, breves, indefinidos; ou então provinham do gato insone [excluso do meu tempo], arranhando [em espaços esse dia.] Ou se postava no janelão da sala e fitava o espaço celeste, lembrava o esplendor do cometa de Halley inundando o céu de um horizonte a outro. Nem parecia que fora tão rumoroso o dia, a tarde findando com homens voando como pássaros.

Tudo isto, porém, nada era. Grande é o Senhor. Que é o homem mortal para que dele te lembres? Olha para os céus, disse Deus a Abraão, e conta as estrelas, se podes. As brilhantes constelações do Cruzeiro e do Dragão caminhavam como todas as outras nas suas órbitas infinitas. [Amenizando a noite.]

13

VERTERE SERIA LUDO

Também Pedro vivia os ritmos de um outro tempo. De uma hora para outra, coisas surpreendentes alteravam os intentos imaginados durante as frias noites do inverno resendense. Tudo por causa dos paulistas, bem sabia. Difícil, dentro da própria família, escolher entre as partes em confronto, cada um aparentemente mais convicto do que o outro. E ele também se perguntava de que lado estaria Deus. Ou os anjos. Devia tomar cuidado com esses seres celestiais, que a avó invocava constantemente. Como os anjos e arcanjos, dizia ela, sempre estavam repetindo amém-amém, então se deviam falar e pensar coisas boas, porque o assim-seja deles poderia tornar em realidade o bem ou o mal de cada coração, confirmar alegrias ou tristezas de cada dia — o que anotou no álbum, quase transformado num diário. E, ao lado de lamúrias na certeza de futuros mortos e feridos, coisas boas aconteciam, da longa presença do pai em Resende à chegada de Pacífico e do tio, também os muitos assuntos que avançavam pela noite, pois nem mais cabiam nas horas do dia. E os boatos — que qualquer um podia inventar, às vezes transformados em realidade. Mas, antes que descobrisse os segredos do corpo de Corina, era a Cidade dos Homens Pequenos que mais ocupava o seu tempo de menino.

Ele nem mesmo sabia avaliar. Apenas sentia que aquelas miniaturas silenciosas provocavam certo respeito, certo medo. O café da manhã e até o culto eram momentos de impaciência. Assim que toda a família (e os anjos) diziam amém, Pedro corria para averiguar se algo ocorrera durante a noite; e para implantar as invenções imaginadas ou sonhadas. O sol da manhã varava as vidraças da janela e ele parava na admiração da diversidade de cores e formas cujas sombras prolongavam as casas e os habitantes para além dos seus contornos. *Será que tudo que sonho ou penso é bom para os Homens Pequenos?*, escreveu à noite no álbum-diário.

E não fossem as noites. Sem o escuro que recolhia todas as coisas, quase todas, Pedro nem saberia como agüentar tantas idéias, como se desfazer do que sobrava da luz do dia. O mais fantástico, que nem mesmo contou para Pacífico, muito menos registrou no diário, foi quando sentiu o corpo se reduzir, cada minuto um pouquinho, até ficar do tamanho do seu invento e penetrar nos limites da Cidade, caminhar entre os pequenos habitantes, dirigir seus estranhos veículos, equilibrar-se nas réguas e tábuas que serviam de pontes e viadutos. Espantoso. Como desconfiava, aqueles diminutos objetos moviam-se por si mesmos, talvez se comunicassem por meio de uma língua que jamais viria a conhecer. Havia formigas deslizando entre as brechas, enormes para os poucos centímetros do novo formato de seu corpo reduzido. Só não entendia por que sua presença não era notada. Além da chave do tamanho, teria ficado também invisível? Na caminhada, de um extremo a outro, a Cidade parecia muito maior, até meio parecida com Resende. E o que pensariam aqueles reduzidos pedaços da realidade quando vultos enormes se debruçavam sobre eles, interferindo nos seus movimentos, como qualquer deus imprevisível? Também pôde perceber que os homens e mulheres pequenos eram mais felizes que os assustados homens e mulheres grandes. Suas criaturinhas não conheciam o medo, não ficavam doentes como a mãe, podiam viver indefinidamente, não tinham rugas como a avó, o rosto tremido como depois de um terremoto, não mudavam de cara como o pai de 45 anos, não demora será um velhinho de meio século. País das maravilhas. Podia entrar e sair, viver dois mundos, duas vidas. Mas quando acordava ainda estava sonhando.

Pacífico apareceu depois do almoço. Pedro deu um grito de susto e alegria quando o tenente abriu devagar uma caixa de papelão e dela foram jorrando soldadinhos de chumbo, um grande exército azul que ocupou rapidamente a grande mesa da sala. Aurora sorriu. Oh!, disse Samuel, lembrando-se dos comboios que diariamente despejavam em Resende soldados e armas de verdade. Maria Rita resmungou e foi para a cozinha. Benedito não se manifestou.

Pedro e Pacífico então juntaram de novo os combatentes na caixa e se dirigiram para o quarto de Pedro. Pararam estupefactos. A Cidade estava cercada por um exército vermelho, imponente, quase vitorioso. Não precisaram trocar palavra. Tinham certeza. Benedito só poderia ter adquirido os seus soldadinhos no mesmo lugar onde Pacífico havia conseguido o batalhão azul. Rapidamente o novo exército tomou posição. Ocupou ruas e praças. Abriu um flanco próximo dos vermelhos.

Aos poucos a família foi chegando. O último a entrar foi Benedito, agora sorridente, pronto para movimentar suas peças. Antes eram as palavras, agora as ações. Debaixo dos olhos. A operação militar pode começar com um comando ou um simples manejo das mãos. Os combates se antecipavam — na Cidade dos Homens Pequenos.

...

Tamanhas alterações passaram a ser acompanhadas mais de perto pelos familiares. Até o doutor, entre sério e sorridente, lá ia buscar informações. Apenas a avó se recusava a contemplar aquela ameaça pairando dentro de casa — pois não bastava a verdade dos campos de batalha? Os boatos também circulavam no âmbito familiar. Tempo de guerra, boatos como terra, repetia Maria Rita. E desculpava-se, não fossem as dores nas pernas até poderia apreciar o que estava acontecendo no perigoso brinquedo. Mas havia outro motivo, que não confessava: no íntimo temia que os movimentos bélicos impulsionados pelas mãos do neto e do filho provocassem uma correspondência real entre o jogo e a luta contra os paulistas.

Com o passar dos dias, as informações de Pacífico e dos jornais conseguidos por Samuel e Benedito foram dando à Cidade a configuração de um mapa da guerra. O tio e o tenente, sob o comando de Pedro, passaram a movimentar seus soldados segundo as notícias do *front*. Vermelhos e azuis alternavam-se na ocupação do relevo do Itatiaia, simulado em pedras pontiagudas; ou nas ilhas, formadas por pedregulhos menores no leito cor de barro do Paraíba, pintado pelo tio numa tira de cartolina. Infantaria, cavalaria, artilharia. Penachos imponentes de um e outro lado. Benedito também não confessava, porém assustava-o o gosto crescente de manipular acontecimentos, predestinar destinos mesmo no exíguo espaço de um aposento doméstico. Teria razão a velha mãe, projetar seu jogo nas batalhas de verdade. A guerra simulada resplandecia mais do que se podia esperar de um brinquedo. *Vertere seria ludo*, lembrou

Samuel, embora a analogia pendesse mais para o sério. E assim foi que a Cidade se espalhou pelo quarto de Pedro. Desarmou-se a cama e ele passou a dormir no aposento contíguo, enquanto as irmãs, sem muita esperança, aguardavam no Rio o término da insurreição.

...

Com o repetido sonho que o transformava num homem pequeno, também Pedro não revelaria a ninguém, nem registraria no álbum, a outra novidade que inquietava seus dias e sobressaltava as noites. Começou com gemidos abafados no quarto de Corina, nos baixios da casa. Olhou pelas frinchas da porta. Com a saia meio levantada, ela se movia devagar no corpo do entregador de lenha. Pedro queria ver melhor, encostou-se mais, a porta se abriu, ele se estatelou diante dos dois. O lenhador saiu às pressas, assustado. Disse Corina, se você não contar para ninguém, ninguém, eu deixo você me ver toda nua. Mas não cumpriu de todo a promessa, apenas mostrou os seios e pediu que os apalpasse, enquanto gemia baixinho, aperta mais, mais. Depois tocou-lhe o membro excitado, os dedos escorregavam suaves, dizia, é quase a mesma coisa que ter uma mulher. Ele não entendia bem o que estava acontecendo, apenas gostou e guardou segredo. A porta fechada do quarto de Corina ganhou então um gosto de mistério — e Pedro ficava torcendo para a lenha acabar e o lenheiro voltar com o burrico e suas cestas carregadas de achas de madeira.

...

Ainda bem que as visitas do doutor Paixão sempre terminavam com um encontro na sala, sem pressa. Religião, guerra, política, música alimentavam a tarde com naturalidade e pareciam suplantar as aflições daqueles dias, dentro e fora do círculo doméstico. Pedro, embora não entendesse muita coisa, sentia uma grande felicidade vendo o quanto a mãe se animava nesses momentos, o rosto transfigurado. Não podia estar assim tão doente.

Bem que gostaria de escrever as narrativas extraordinárias das viagens do pai e do doutor Paixão. As histórias se revezavam, ora a cavalo, ora nas charretes. Ou a pé. Ou num carro cantador, os bois jamais se cansam no giro das rodas enormes, arrastando gente, animais, cargas de todos os tipos. Pensava que os lugares de que falavam só existissem na imaginação ou nos livros de aventuras. Povoados tão distantes que deles nunca haviam saído os seus moradores; bichos estranhos que cruzavam as estradas durante a noite e franziam as orelhas dos cavalos. Mas os animais continuavam suas marchas como se tivessem faróis nos grandes olhos atentos. O pai e o doutor ainda narravam ora a cura dos corpos, ora das almas — e Pedro escreveu, como se perguntasse, sem muita certeza, por que não viajavam juntos e tratavam dos seus doentes ao mesmo tempo.

— Em outra época — disse o doutor voltando-se para Pedro —, num país distante, vivia uma família que tinha um urso para guardar a casa. O animal, domesticado, às vezes saía com a dona e atravessava a floresta, até o povoado onde ela fazia as compras. Aos domingos, depois de prendê-lo com uma corrente, dava-lhe uma palmada amigável na cabeça e prometia trazer-lhe a maçã de sempre como recompensa. O urso ficava triste, porém resignado como um cão amestrado. Uma vez, quando já estava sozinha no meio da floresta, ouviu passos. Olhou para trás e ficou muito aborrecida, vendo o urso caminhando arquejante atrás dela. Certamente havia arrebentado a corrente e ali estava, disposto a segui-la. Com voz furiosa ordenou que voltasse para casa. O urso parou por um momento, olhou-a com um jeito malicioso e continuou atrás dela. Ameaçou-o então com a sombrinha. O bicho olhou firme, deteve-se por um instante, mas voltou a farejá-la. Bateu-lhe então com tal força no focinho que a sombrinha partiu-se em dois pedaços. O animal parou um instante, sacudiu a cabeça, abriu várias vezes a boca imensa, como se fosse dizer alguma coisa. Depois retomou calmamente o caminho de volta, parando de vez em quando para olhar a moça. Afinal, desapareceu. À tardinha, quando regressou, viu que o urso estava no mesmo lugar, sentado junto à entrada da casa, com o mesmo ar de tristeza. Passou-lhe então um pito muito grande e disse que ele não ganharia a maçã. Então a velha cozinheira, que gostava muito do urso, zangou-se com a patroa, como podia fazer isso com um animal tão manso, ali o dia todo, quieto, esperando por ela.

Estavam todos suspensos com a narrativa. O doutor espera a reação de Pedro:

— Era outro urso — disse ele.

— Era outro.

...

Meu pai e o doutor são muito parecidos, mas parece que não sabem disso. Gostam das mesmas coisas, mas não das mesmas pessoas, um cura uma coisa, o outro, outra coisa. Não entendo tudo quanto dizem. Meu pai até perguntou por que não trabalhavam juntos, mas parecia que estava brincando. O doutor Paixão acha que seria possível. Hoje, que bom, a vó Ritinha não pediu para andar com ela pelas lojas dos turcos. Ela entra em todas e vai pedindo retalhos de fazendas para a colcha enorme que está costurando com pedaços de todas as cores.

...

O doutor Paixão sempre comentava algum livro, um artigo; ou levava recortes de assuntos científicos. Um holandês acaba de determinar a massa da nossa galáxia, imaginem, enquanto coisas extremamente pequenas poderão ser aumentadas até 100 mil vezes com a invenção do microscópio eletrônico. A ciência se multiplica, lembrou Samuel mais uma vez, mas o amor se esfria. O doutor estava de acordo. Esclareceu que o caso do urso estava em *O livro de San Michele*, autobiografia romanceada de Axel Munthe, médico sueco, viagens fantásticas pela Europa tentando deter a peste. Muitos mortos, milhares, muitos ratos, milhões, rondando a história há séculos, milênios, desembarcando em todos os portos do mundo. E também ursos, domésticos ou não. Cães que farejavam a morte dos seus donos e se deitavam ao seu lado, imóveis e mudos. No último capítulo, o enorme e fiel cão de Munthe ronda-lhe o leito e depois fica parado e quieto, não move uma pata. Também havia gnomos. Baixinhos, feios, podiam viver 600 anos. Dizem ainda que são guardiões de preciosos tesouros no interior da terra, onde moram.

Samuel comentou que a estória dos gnomos provinha dos alquimistas medievais. Até Lutero se entusiasmara pela alquimia, não somente porque fascinantes filósofos e cientistas manipulavam metais, mas sobretudo em consideração ao significado alegórico e secreto da purificação pelo fogo e da ressurreição da morte no último dia. Porém nada disse sobre Noé. Na idade de 500 anos ainda gerou a Sem, Cão e Jafé. E Matusalém? Não teve filhos e filhas aos 782 anos e ainda viveu até 969 anos, beirando a eternidade? E ainda no Gênesis, quando a vida foi ficando mais curta, eram de 120 anos os dias dos homens. E ainda, ora, naquele tempo havia gigantes na terra.

A tarde termina. Os assuntos escasseiam. Os contos, as novidades da ciência amenizam a tarde. Mas Aurora parece cansada — e o doutor se despede como quem não desejasse partir. Acontecia muitas vezes. Samuel então voltava ao piano; ou se chegava à janela dos fundos e perdia o olhar na direção da correnteza do Paraíba e da paróquia que deixara no Rio de um dia para outro. Sua agenda está cheia de obrigações descumpridas. O tempo tem agora marcas desconhecidas. A semana se arrasta. Pensa no sermão de domingo, mas ainda é terça-feira. De repente um texto vem chegando, como se fosse um cochicho, um sopro. Nem tudo vai mal nesta guerra. Está mais tempo com Aurora e parte da família; a pequena igreja da cidade, sem pastor há um ano, tem sua presença dominical e suas visitas pastorais. E o doutor Constante Leal Paixão, personagem novo, ou nem tanto. Como se se conhecessem desde tempos imemoriais. Deus seja louvado.

14

É TARDE PARA RENUNCIAR

Domingo, 17 de julho. O presidente Getúlio Vargas deixa o Palácio Guanabara antes das cinco horas, ainda escuro. Sua guarda pessoal segue em outro carro, dirigido por Gregório Fortunato. A bruma do inverno lembrava São Borja, frio de tempos menos agitados. Logo o ar puro da madrugada se transformaria no calor e na poeira da estrada de terra. Havia dormido poucas horas, como sempre, quase sempre. A noite era a interlocutora privilegiada do presidente. Nas vigílias, sozinho, sorvia o chimarrão, fumava um charuto, tomava decisões, registrava as pelejas do dia no diário. Hoje, porém, vai precisar do longo trajeto de carro para resolver assuntos que a noite curta deixara pendentes. Outros só podem ser esclarecidos em Resende e na visita à região de Itatiaia. Ou na linha de frente.

A pequena comitiva pouco falou. Apenas o coronel Goes tentava amenizar o tempo. Relembrou a revolução de 30; e embora as circunstâncias atuais fossem mais graves, previa vitória esmagadora num curto período. Vargas não acreditava, mesmo com o efetivo de mais de 100 mil homens. Queria ver de perto, o mais perto possível, em que se assentava a fama do poderio paulista. Se tão bem armados estavam, era luta para meses. Até um canhão lança-chamas fazia parte das invenções da Escola Politécnica de São Paulo, enquanto o trem blindado espalhava o terror entre as tropas governistas. O presidente ouvia o que lhe interessava e fechava os olhos quando Goes se tornava repetitivo. O coronel então silenciava, mas sabia que Vargas não podia estar dormindo com a velocidade e os sacolejos, mesmo se tratando da possante *limousine* Cord 1929. Quatro horas depois chegaram a Barra Mansa. A viagem continuou num carro-motriz, e às dez horas desembarcaram em Resende.

O grupo deu uma volta para que a população respondesse aos acenos do presidente. Não fossem os paulistas, dizia-se, nunca teria nos visitado. Em seguida Getúlio reuniu o comando da Região Leste. Fez questão de transmitir as informações que Goes Monteiro lhe havia passado, sem esquecer um só detalhe. Eram dados sabidos, mas precisava mostrar que conhecia a situação. Temos combates até na Frente do Paraná, em Itararé — disse —, porém o que interessa é o que está acontecendo por aqui. Os paulistas dispõem de artilharia poderosa. Há uma semana, sob o comando do próprio Euclides de Figueiredo, o tiroteio cerrado não cessa e os paulistas não arredam pé de Túnel. O trem blindado chega a fazer duas viagens por dia, pela manhã e à tarde. Numa delas, destroçou um batalhão nosso e voltou tranqüilamente para Cruzeiro. Como bloquear a situação? Quero tudo resolvido nos próximos dias, embora reconheça as dificuldades. Reforçar o contingente nas frentes de combate, avançar pela rodovia Rio—São Paulo sobre Formoso, deslocar a artilharia para Túnel, preparar os vermelhinhos HL para bombardeios incessantes. Amanhã. Aproveitar a marcha de um batalhão da Força Pública de Minas para Manacá, onde vai revezar homens exaustos. Perguntou se Goes

Monteiro queria acrescentar alguma coisa, mas não gostou dos dados, demasiadamente precisos, talvez exagerados: no momento temos 4.200 homens lutando contra 1.010 paulistas. São 11 os mortos constitucionalistas, 20 os feridos, 45 os prisioneiros. Fora a posição aparentemente inexpugnável em Túnel, o sábado para os paulistas foi de azar: vários desastres, traições, explosão no quartel-general da Força Pública de São Paulo.

Vargas ainda visitou alguns alojamentos. Os soldados se deslumbravam. Aquele rosto confiante, sorriso sincero. O presidente aperta a mão de um e outro, pronuncia palavras de coragem. Qual é o seu time, Vasco? Pois joga hoje contra o Flamengo. E avisem os torcedores que hoje também se encontram Botafogo e Andaraí. Os discursos eram breves ou longos, segundo as circunstâncias. Não sou um oportunista, replicava, sou um homem de oportunidade: se um cavalo passar encilhado na minha frente, eu monto. "Brasileiros! A nobre atitude das forças armadas, nesta hora de profunda significação patriótica, não é somente o testemunho de sua louvável resistência ao espírito da desordem e da indisciplina. Ela vale, também, por uma nítida compreensão das suas responsabilidades perante a consciência cívica da Nação." Coisas genéricas. Mais do que o tom da voz arrastada, meio cantada, valia a presença serena, a certeza.

Soldados e oficiais paulistas presos, antes mudos, abrem-se na presença do presidente. Confirmam a situação em Túnel. De lá não sairemos, não sairão, a não ser para ocupar Resende. Para amanhã, revelaram, está programada uma operação noturna sobre Itatiaia. Getúlio riu muito, depois olhou com respeito uma engenhoca paulista, apreendida pelos federais. A máquina imitava o ruído de metralhadoras, era só rodar a manivela que ninguém avançava na direção das inesgotáveis balas imaginárias. Mas os governistas sabiam que a munição paulista era escassa. O número de voluntários continuava crescendo, já eram 200 mil sob treinamento intensivo, entre 48 e 72 horas. Getúlio ainda fez questão de informar que São Paulo produzia seus próprios armamentos — granadas, morteiros, bombardas, petardos tipo Mills; e os sapinhos, pequenos obuseiros de 1.500 metros de alcance, infalíveis. A imaginação cresce com a fraqueza, diz ele, pode gerar uma eficácia considerável. A causa paulista está mais para o equívoco, repete, mas seu povo seria capaz de criar uma nova nação. O presidente caminha com desembaraço pelas trincheiras, incansável. Aponta o binóculo para pontos estratégicos. Não discute as táticas expostas pelos oficiais, tudo é um jogo, pode dar certo, pode falhar redondamente. Cumprimenta com carinho soldados feridos. Por dentro é outro homem. O que mais sentia era o fracasso da diplomacia, que sua aversão ao sangue e à morte deva conformar-se com essas feridas abertas, futuros monumentos dedicados a jovens que nada sabem das decisões que ele e seu ministério tomam no conforto de luxuosos salões, longe da sujeira, mau cheiro, estrondos mortais, roupas imundas, gritos de homens e cavalos, em breve o choro de viúvas, pais, crianças. Agora é tarde para renunciar.

...

Ainda era dia. No coreto da praça da Matriz a banda executa *A violeta*, conhecida valsa de agrado popular, depois o dobrado *2 DDU em luta*, em seguida o Hino Nacional. Muitos cantam com grande fervor. De repente, para espanto de Samuel e Pedro, Benedito começa a caminhar entre a multidão, grita licença!, licença!, vai à frente com um pequeno grupo, chega ao coreto. Gritam juntos, Constituição!, presidente, Constituição! Soldados ameaçam avançar. Gregório põe-se na frente de Getúlio. O presidente sorri, faz um gesto: que gritem, deixem gritar, ordena. Em voz baixa, repete o que havia dito quando Assis Chateaubriand insistiu na mesma questão: a Constituição é como as virgens, foi feita para ser violada. A frase ameniza o momento. O presidente levanta a mão. Espera o silêncio. Fala pouco. Termina com trecho do discurso que havia pronunciado no Rio, fazia poucos dias: Fortalecido pela profunda convicção de estar cumprindo um alto dever de patriotismo, serei inflexível na minha ação e sereno ao executá-la. Jamais capitularei à imposição dos rebeldes em armas, mas usarei de benignidade para com os que se submeterem e abandonarem a luta. Como Chefe do Governo, preferiria sucumbir combatendo, em defesa dos ideais da revolução e na qualidade de simples soldado, a ceder e curvar-me ante a ameaça ou a violência.

O presidente volta ao Rio na avioneta pilotada por Eduardo Gomes. As notícias são desconcertantes: mais boletins revolucionários despejados no centro da cidade, agora do alto do edifício da Policlínica; e do Copacabana Palace uma nova rádio clandestina transmitira mensagem dos paulistas.

Goes Monteiro avisa a Oswaldo Aranha que Getúlio tem no bolso do paletó o Colt de sempre, calibre 32. Havia reparado o desenho minúsculo de um cavalo empinado incrustado no cabo de madrepérola. O chanceler resolve dormir no sofá, no escritório ao lado. Não era a primeira vez que o presidente dava sinais de que preferia morrer.

15

NÃO SE TURBE O VOSSO CORAÇÃO

— Benedito, você colocou em risco toda a família — disse Samuel com uma suavidade quase irritante. — Para que toda aquela exibição? Os militares sabem mais do que pensamos a seu respeito, a defesa dos constitucionalistas, pregações, ou melhor, seus discursos contra o governo Vargas. Se pretende sair de Resende, voltar a São Paulo, creio que perdeu a oportunidade. Por muito menos há gente presa, incomunicável.

O cunhado não respondeu. Estava visivelmente amuado. A mãe, contente, gostaria de ter participado da agitação na praça, gritado o mais alto possível.

O domingo foi agitado. No final da tarde o tenente reapareceu. Diante da porta entreaberta parou indeciso ao som do piano, melodia de outros tempos. Não sabia como começar.

Nem foi preciso. Oh, disse Samuel — e logo se deu conta da situação. A imagem da guerra, mais uma vez, estava personalizada diante dele. O cinturão em diagonal sobre o uniforme, pistola, na cartucheira brilhavam os cartuchos da morte. Pacífico tinha o rosto enrubescido — e o reverendo se perguntou se estaria envergonhado ou simplesmente ansioso para usar a pólvora que envolvia o seu corpo, talvez a alma. Pedro olhou assustado, mas logo se atirou nos braços do tenente. Vamos partir, disse num tom quase confidencial. Os combates continuam. Na região de Túnel um regimento de cavalaria enfrenta a infantaria da Força Pública de São Paulo; e os rádios de campanha confirmaram batalhas em São José do Barreiro, com vantagem para os paulistas. Fez uma pausa, para logo recomeçar, como quem precisa, outra vez, justificar sua condição de soldado. Também se combate próximo daqui, nas imediações de Itatiaia. O coronel Eduardo Gomes levou o presidente para o Rio, e agora faz um vôo de reconhecimento para determinar a posição dos paulistas.

O chão parecia afundar-se. Samuel confiara numa reviravolta, num milagre se possível. Mas era tarde. O olhar desolado lembrou a Pacífico a figura de Jó recebendo as notícias de Satanás, funestas, uma depois da outra. E quantas mais não virão, pensou. Benedito apareceu, fez um gesto de horror. Imaginava, disse, que o senhor havia desistido dessa tarefa de morte. Desertar? Não, não posso, respondeu o tenente, até decoramos que deserção, entre outras coisas, é um ato de reveladora covardia e mesmo de repugnante indignidade para com a pátria, pois o cidadão que não cumpre com o sagrado juramento que faz ao alistar-se é um inválido moral. Viu, reverendo? As palavras de novo, *sagrado*, *juramento*, como numa religião...

Samuel sabia que era apenas o começo, o princípio das dores. Sairemos à noite, de trem, e somente conheceremos o destino depois de embarcados. Quem sabe tenha tempo de assistir ao culto, o problema é entrar na igreja desse jeito... Queria me despedir de cada um... e dos Homens Pequenos.

Pedro pulou de alegria. A confusão continua na Cidade, avisou, desde que os exércitos tomaram posição. Não sei o que será daquela gente. Os paulistas estão muito fortes. Pacífico mobiliza algumas peças. Mostra espaços que os azuis podem ocupar, antes que Benedito faça o mesmo com os vermelhos. Este buraco, explica o menino, é uma trincheira. Mas o terreno acidentado ajuda na defesa da Cidade. Pedro falava como um comandante.

Reuniram-se na sala grande. Samuel, com firmeza, anunciou a partida de Pacífico. Maria Rita chora. O reverendo pega a Bíblia, folheia rapidamente as páginas minuciosamente anotadas, lápis de cores diversas, pontas finas de uma escrita minúscula nas reduzidas margens do livro sagrado. Surpreende a todos, sorrindo. Escutem estas palavras do Salmo 120: *Na minha angústia clamei ao Senhor, e ele me ouviu. Senhor, livra a minha alma dos lábios mentirosos e da língua enganadora. A minha alma bastante tempo habitou entre os que detestam a paz. Pacífico sou, porém quando eu falo já eles procuram a guerra.*

Riem todos. Mais ainda, quando Pedro lembrou que Samuel e Pedro, ele e o pai, estavam na Bíblia, mas não sabia que Pacífico fosse um nome bíblico. O salmista havia suavizado o clima de apreensão. O reverendo, agora sério, fecha os olhos, cruza as mãos com força num instante de silêncio. Temia esse momento. Orar por um guerreiro, ainda mais em voz alta, era pedir pela guerra. Porém, clamou, Pai, guarda o teu servo, ele está sendo levado por circunstâncias que tantas vezes a maldade humana transforma em fatalidade. Como tu mesmo, não queremos doença ou guerra, sofrimento ou morte, muito menos esta luta entre irmãos de sangue — e nos perguntamos, Senhor, como é possível que isto aconteça.

Pausa. Ao orar em voz alta, muitas vezes interrompia a prece e continuava a mencionar coisas que ficavam entre ele e Deus. Depois retomava a palavra, como se apenas estivesse tomando fôlego — ou à espera de uma resposta. Continuamos a confiar, sabemos que podes transformar estes dias indesejáveis em arrependimento e graça, em retorno à paz. Tu, que estás acima de todas estas coisas, mas participas do nosso sofrimento, guia o teu servo que parte para a luta, e a todos todos todos que se encontram na mesma situação.

Quantas vezes os pedidos jamais eram atendidos, os acontecimentos seguiam seu rumo implacável. Em muitas ocasiões, contudo havia respostas surpreendentes, mesmo não correspondendo ao que esperava. Damos-te graças pela vida e pedimos que preserves a do nosso irmão Pacífico. Em nome e pela mediação de Nosso Senhor Jesus Cristo. Amém. Amém, todos repetem.

Sob o teto alto da sala havia alívio e alegria — como se a providência divina já estivesse a caminho. Pacífico prometeu mandar notícias, sempre haverá um jeito, e logo ele mesmo estaria de volta. Maria Rita queria preparar um café. Não há tempo, D. Ritinha, devo voltar ao quartel. Pedro fazia força para não chorar.

— Tenho uma lembrança para o senhor — disse de repente Maria Rita. E para surpresa de todos tira do bolso da saia três pequenos pacotes. — Neste aqui estão folhas de pepino. É só pisar e colocar sobre a mordedura de insetos, que alivia a dor e a coceira. Também serve para cobreiros. Neste outro tem aiapana, bom para mordedura de cobra, que Deus o livre e guarde. A receita está no pacote: faz-se um cataplasma com o bagaço e se põe na ferida. E o último é o alecrim, para as emoções de grande pesar. Também a tintura das folhas serve para lavar ferimentos. — E antes que Pacífico, emocionado, dissesse alguma coisa: — Mas não se esqueça, quando Deus quer, água fria é remédio.

Samuel parecia constrangido. A sogra sempre com essas mezinhas e conselhos mágicos. Usa tudo que é erva, toma o *Rhus toxicodendron* para o reumatismo, mas cheira rapé e engole as pílulas do Abbade Moss, talvez também as de Witt. Já não bastava o pastor pentecostal que passara a anunciar milagres na praça do Centenário, defronte do templo evangélico, cantando e gritando maranata!, Cristo vem!, maranata! Ao mesmo tempo comovia-se com a iniciativa de D. Ritinha, mais realista do que ele. Sem ilusões sobre a partida de Pacífico, havia preparado em segredo o herbanário que conhecia desde a infância.

Pedro saíra da sala. De repente voltou correndo, na mão um dos poucos objetos mais reais da sua Cidade: um soldadinho de chumbo, azul, uniforme impecável. Entregou-o a Pacífico, o rosto firme, já não ia chorar.

O tenente não sabia o que dizer, os olhos molhados. Apenas agradeceu. Devia fazer alguma coisa, ao menos consolar o menino. Subitamente retirou da cartucheira uma bala do revólver e a colocou na mão de Pedro. Nada mais poderia oferecer, apenas disse, guarde com cuidado, é um tiro de menos.

Havia espanto nos rostos de despedida. Mais que todos, Pacífico está surpreso com o próprio gesto — e não saberia explicar o que o movera a dividir um pedaço de sua dúvida com aqueles olhos azuis muito abertos, cintilando de felicidade.

...

O portão da área de serviço, por onde entrava o lenhateiro, estava entreaberto, o suficiente para Pacífico se dar conta de uma presença debaixo da tênue iluminação da rua, quase noite. Um vulto pequeno, saia preta, suéter amarelado, gorro vermelho pendido num lado do rosto. Também queria me despedir — soou a voz quase num sussurro. Toda a armadura do tenente pareceu desabar. Ao entrar roçou o braço nos seios desprotegidos de Corina. Deram-se as mãos como se não fora a primeira vez. O pátio lajeado abafa os passos discretos, debaixo da cumplicidade da luz suave que descia dos altos da casa. No pequeno aposento a chama de uma binga reflete-se na manta estendida sobre o colchão do estrado de madeira. Nenhuma palavra. Corina começa a soltar o cinturão do enorme corpo que espera. Desprende as fivelas, vai desfazendo um a um os sete botões da túnica. O restante, ela arranca num gesto rápido, tanta roupa, tanta peça, não tinha dado conta. As mãos pesadas de Pacífico ficam leves, deslizam sobre os seios pontudos, quentes, dilatados. Devagar. Pouco a pouco. Pele contra pele. Os membros se entrelaçam, aquecem-se debaixo da manta num silêncio contido, quase impossível; até que os sons do piano, um hino que bem conhecia, invadem a penumbra do quarto, envolvem o doce cansaço — e então podem soltar os gemidos presos nas gargantas e acelerar o ritmo no compasso que inunda os dois corpos, uma só carne.

Pacífico repõe as peças do vestuário, muitas, não tinha dado conta. Devagar. Pouco a pouco. Ela descansa os macios relevos da pele negra no leito de despedida. Ele vacila entre o corpo aliviado e o coração perturbado.

...

Não se turbe o vosso coração. Estas palavras de Nosso Senhor foram pronunciadas num momento de despedida. Não se tratava de uma separação qualquer. O Mestre, depois de uma convivência profunda com os discípulos, avisa que vai partir.

O Novo Testamento estava aberto no capítulo 14 do evangelho de João. O reverendo ficara em silêncio por um instante, entre o coral que tocara no harmônio e a leitura do texto do sermão da noite de domingo. *Mitten wir im Liben sind* — Estamos no meio da vida. No meio da vida estamos cercados pela morte — era como preferia traduzir o título do coral 214, em dó maior, de Bach. Repetira três vezes a primeira frase musical, alterando a registração que lhe parecia favorecer a harmonia. *Viola* e *Flöte dolce*, em seguida *Diapason dolce* e *Schalmei*. Depois da pausa musical pedalou com mais força, abriu todos os registros com as joelheiras — e o pequeno templo encheu-se com o contraponto da melodia final. Pacífico, no último banco, sentia-se uma nódoa cinzenta no silêncio do salão inundado de fé.

Não se turbe o vosso coração. Em que circunstâncias daquele momento histórico foram pronunciadas estas palavras? Não se tratava de nenhum rompimento, nenhum corte nas relações que se haviam fortificado entre ele e os discípulos, ora na dor, ora na alegria. O que significava tal afirmação para o futuro daqueles seguidores do Mestre, alguns fiéis, outros nem tanto? Muitas outras perguntas poderiam ser feitas, tanto a partir do momento daquela cerimônia do adeus quanto em relação aos dias de hoje, às dúvidas do instante que vivemos no meio deste ano de 1932, nacionalmente, ou aqui em Resende, ou no coração de cada um. Agora não mais se trata de rumores de guerra. À noite, no silêncio do nosso leito, ouvimos a zoada das batalhas. Muitas coisas — para nossa angústia e também nosso consolo — são semelhantes e igualam épocas tão distantes; por outro lado, parece que a vida humana se reduz a uma realidade assustadoramente comum. Fiquemos, porém, na breve meditação desta noite, nas questões que o Espírito colocou no coração daquele que vos fala. Quais os motivos, as circunstâncias que levaram o Senhor Jesus a dizer tais palavras, com uma certeza que desafiava tudo o que se passava ao redor? Não se turbe o vosso coração, nem se atemorize, dizia ele.

O pastor deixa um gesto no ar, na busca de uma palavra, um pensamento, talvez alguma coisa que não deveria ainda dizer.

A congregação espera. Grande é o silêncio. Do pequeno e singelo púlpito, de um lado e outro do pregador, folhagens e flores também esperam. Corre os olhos pelo auditório. Há pessoas que não conhece. Parece o doutor Paixão no fundo do templo. Suas palavras devem chegar até lá, quem sabe ultrapassem os umbrais do salão, embora não fossem, como queria o padre Vieira, uma voz de pregador como um trovão do céu, que assombre e faça tremer o mundo.

Tal advertência é tanto mais surpreendente quando sabemos que Jesus estava envolvido nos acontecimentos do seu tempo, levado ao confronto com as forças do mal, os reinos do mundo, quer dizer, a realidade política de um povo esmagado pelo poderio do império romano. Todas as esperanças de transformar a situação através de um novo reinado, a ser estabelecido por ele, não se haviam concretizado. O meu reino não é deste mundo, dizia sempre, repetia para ouvidos que não queriam ouvir, para olhos que não mais enxergavam o futuro. Mas os discípulos, o povo, esperavam um domínio real. E tinham medo. A maior das incertezas é a falta de um futuro claro, sem fome, sem violência, sem temor. E é espantoso que aquele que diz Não se turbe o vosso coração seja o mesmo que caminha para a agonia do Calvário e para a morte, ele mesmo, certamente, de coração partido. No contexto dessa expressão de amor e de companheirismo, portanto, estava o mundo com suas tragédias e contradições. O passado do povo, a escravidão, a libertação, o cativeiro de novo, alternando-se numa fatalidade sem fim. O medo vinha de longe — e é nessa circunstância que surgem estas palavras tranqüilas, palavras de paz e esperança. Não importa o passado, importa confiar no futuro — só assim podemos entender e receber esta afirmação num momento aparentemente terminal. O Mestre também disse A minha paz vos dou, não vo-la dou como a dá o mundo. Insisto, irmãos, que o nosso presente, nesta hora, só pode ser encarado sem temor se vemos sentido no passado — nascimento, relações, vocação — e se acreditamos no futuro. Um escritor famoso disse que o homem, em cada instante de sua vida, é tudo que foi e tudo que será. Assim é o momento presente. Muitos e muitos jovens se despediram de suas famílias e amigos talvez para sempre. Lutam uns contra os outros — e a esperança de voltar a casa, à esposa, aos filhos, às noivas talvez signifique a morte de outro ser com as mesmas angústias e expectativas. Aqui mesmo, como devem ter notado, temos um irmão que viaja dentro de alguns instantes para a linha de frente. Devemos orar por ele, orar por todos os que partem — e dizer-lhes Não se turbe o vosso coração. Vamos repetir juntos, com gratidão, certeza e esperança, estas palavras de Jesus: Não se turbe o vosso coração.

16

CANTATA 147

A Cidade dos Homens Pequenos passou por novas transformações na semana que se seguiu ao embarque do tenente Pacífico. Pedro quase não saía de casa. Com a brusca alteração do tempo, que subitamente antecipou por meses as águas do verão, pôde manter-se mais tempo ao lado das peças que compunham a metade dos seus sonhos — que os da noite o levavam até o *front*, ele mesmo dirigindo a locomotiva de um comboio sem fim; ou pilotando um vermelhinho; ou então, quando o sono se cansava das aventuras guerreiras, correndo deslumbrado atrás do corpo luzidio de Corina. Os combates se haviam antecipado — e era preciso melhorar a defesa da Cidade, inventar novas armas, enquanto se aguardavam as prometidas cartas de Pacífico.

A primeira mensagem, sem data, mas certamente de fins de julho, foi entregue discretamente por um sargento na casa do reverendo, uma escrita sumária, ora irregular, ora mais ordenada. Samuel hesitara na leitura em voz alta. Incomodavam-no, sobretudo, os comentários que ultrapassavam os feitos de guerra, se bem que estes tampouco fossem edificantes. Aurora insistia. Como omitir essas coisas, se amanhã ou depois tudo se saberá, nada há oculto que não haja de ser revelado, argumento bíblico que deixara o pastor sem resposta. Para surpresa e susto de Pedro, a mãe continuou: a verdade acaba deslizando pelas fendas de portas e janelas, penetrando pelo buraco da fechadura. Tinha razão. Uma balada de grossos pingos acompanhava o assobio do vento, esgueirava-se pelos vãos da casa. Havia tumulto de águas no céu. Se essa copiosa chuva sobre a terra continua durante 40 dias e 40 noites, somente uma nova arca — nem de tantos côvados como a de Noé — poderá livrar aqueles poucos que ainda crêem no mistério da salvação. Pedro apenas anotou: *Está tudo encharcado. [Os telhados estão molhados. A chuva cai.]*

A leitura, afinal, se deu na sala de jantar. A voz de Samuel tremeu algumas vezes. Maria Rita não enxugou as lágrimas, que as vissem. Benedito permaneceu em silêncio, mas teve vontade de lembrar a previsão de Nostradamus para 1999, quando a terra ficará fora de órbita, em trevas, o verão será tenebroso e escuro. A profecia, para Benedito, se havia antecipado no tempo e na estação.

Assim que o pai guardou a folha de papel meio amarrotada, Pedro e o tio correram para a Cidade dos Homens Pequenos. Este aqui — explicou Pedro — é o tenente Pacífico vigiando a estrada. Ali está o canhão que ele ajudou a amarrar numa árvore, para não escorregar morro abaixo. Esta onça... aquela, aquele desenho colado no papelão, chegou de noite e levou toda a comida dos soldados. O tenente não sabe se já matou algum paulista, mas estes aqui estão na direção do fuzil dele, completamente mortos.

Benedito estava estupefacto. Mais do que um improviso, era como se Pedro tivesse lido antes a carta de Pacífico.

...

TENENTE PACÍFICO

Caro Reverendo, a luta não é apenas entre homens. Ontem, aqui no Pico do Cristal, onças levaram nossas comidas durante as surpresas destas noites sem fim. Teme-se até que tenham arrastado uma sentinela, ninguém sabe onde o pobre-diabo foi parar. Estamos cercados por abismos, e o jeito foi amarrar os canhões em árvores para que não deslizassem morro abaixo. Tudo vale para sobreviver. Ou eles ou nós. Ou ele ou eu. Tudo é muito claro, mais do que as silenciosas batalhas dos tempos de paz. Vive-se com tão pouco, tão quase nada, que me pergunto se não temos coisas demais. Aqui nos basta a mochila, o cantil, a roupa do corpo. Nem caberia muito mais numa trincheira. Pois já não havia dito, creio que Diógenes, o cínico, que tudo que se precisa para viver cabe num alforje? Neste buraco mal comemos, mal bebemos, pouco dormimos. Ontem engolimos bolachas tão duras que o jeito foi misturá-las com a água enlameada da chuva. Vivemos grudados às armas, instrumentos objetivos do nosso destino. O cano da arma — revólver, fuzil ou metralhadora — aponta para um vulto qualquer e é só puxar o gatilho. Quando voltar vou reduzir minhas coisas. Para que tantos objetos, roupas sem uso, livros que não se lêem, lembranças inúteis. Leio o conselho de Paulo a Timóteo: *Porque nada trouxemos para este mundo, e manifesto é que nada podemos levar dele.* Aqui não há tempo para a memória. Tudo muito rápido. A precisão automática de um gatilho dispensa qualquer reflexão, que os reflexos decidem quase tudo. Durmo e acordo com o indicador direito recurvado, atirando sempre. Cada homem está sujeito a um comando, mas tem sua própria esfera de poder. Poder de fogo. Muitas têm sido as baixas. Mas deste Pico, se a barragem de artilharia do inimigo continuar, não sairemos tão cedo. Mal começou a luta e estamos esgotados. Ontem chegou a Manacá o primeiro batalhão da Força Pública de Minas. E tropas federais ocuparam

Itararé após sangrenta luta — que acabou no corpo-a-corpo das baionetas. Mas há rebeldes resistindo no interior de Minas, enquanto em Vacaria frentistas gaúchos acabaram expulsos da cidade por tropas leais a Flores da Cunha. No litoral, em Cunha, quatro companhias do exército paulista foram atacadas por quinhentos fuzileiros navais (15 feridos e 1 morto). Assim foi o meu batismo (perdão, reverendo) de fogo e de sangue. Também a natureza nos assusta. Depois das queimadas, as chuvas, o frio. Pelo menos a água do céu limpa a nossa roupa e ameniza o suor que jorra pelos poros nos dias de sol. Uma árvore comprida, a suinana, se destaca no meio do descampado, a copa toda vermelha. Parece sangue. Que Deus nos proteja.

...

Com a saída das maiores unidades militares, Resende mergulhara num estranho silêncio. De tal sorte diminuíra o movimento que alguns negócios fecharam, até mesmo porque muitos empregados agora vestiam farda e carregavam fuzil. Também moças e adolescentes das cidades vizinhas tentavam ganhar a vida sem os soldados, que antes sustentavam o dia-a-dia dos seus corpos, buscando serviço em casas particulares, ou nas fazendas, muitas delas quase abandonadas após o recrutamento de trabalhadores. Mas à noite recomeçava a atroada das metralhadoras, retumbavam tiros de canhão, rumores distantes, difusos, varando o sono maldormido de Resende como o crepitar de uma fogueira ou o estrépito de uma cavalaria. Eis que o Senhor devasta e desola a terra, transtorna a sua superfície, e lhe dispersa os moradores.

João Martins voltou a insistir na ida da família para Boa Esperança. Samuel recusou mais uma vez, porém concordou em uma visita às famílias e amigos abrigados na fazenda. Coisa de dois dias. Amanhã, respondeu o fazendeiro, se não chover, a charrete estará bem cedo na sua porta, pois o automóvel não passaria pelas estradas enlameadas.

...

Pedro arrumou-se entre o pai e João Martins, e a charrete partiu numa arrancada veloz nas patas do Jamelão. A chuva havia amenizado. Dava gosto penetrar na fria brancura espessa da manhã enevoada, escondendo o caminho, como que arrebatados numa nuvem. Quando o sol despontou, o fazendeiro ofereceu por minutos as rédeas a Pedro, e o menino seguiu tão fogoso quanto o animal todo bronzeado, seguro do destino. Ali estava conduzindo um grande brinquedo, não as minúsculas charretes que circulavam na sua Cidade.

Ao cruzarem o rio Alambari, comentou Samuel que no século passado tudo estava entremeado por um grande bosque. Um pastor inglês, chamava-se Walsh, afirmara ter visto árvores de 120 metros de altura no vale do Paraíba. João Martins achou demais, porém deu uma risada quando Samuel insistiu em que os pastores não costumavam mentir... e que ele mesmo se lembrava de muitas árvores imensas que já não existiam, substituídas pela monocultura do café, depois o gado, em seguida a cana. Já em princípios do século XIX, como afirmara Benedito, Saint-Hilaire havia registrado mais de 50 mil covas de café. Mas parou por aí. Bem sabia que ele, como outros fazendeiros, dizimara muitas árvores, tinha muito gado, plantava muita cana — e do leite e da cachaça chegou a uma apreciável fortuna. Sem falar dos negócios de terras, dos empréstimos e hipotecas. Samuel tinha no bolso um recorte recente, extraído do *Correio da Manhã*, publicação "a pedido", acusando um juiz de Resende, e outros, de vendidos ao fazendeiro João Martins, "que impunemente lesa o governo em operações bancárias". Qual a reação do reverendo se lhe perguntasse o que seria da família, e de tantas outras pessoas, se não desfrutasse ele de muitos bens, de vacas e leite, cana e cachaça. Afinal, bebe quem quer e quem pode. E não ajudava a própria Igreja, o correspondente ao salário do pastor?

O café da manhã estava servido. A grande família, os muitos hóspedes sentam-se perante o pequeno banquete atopetando a enorme mesa de jacarandá. Os baldrames de outras madeiras de lei destacam-se nas paredes de pau-a-pique, parcialmente revestidas de papel europeu. Há tempos o reverendo não ia a Boa Esperança, mas a esposa de João Martins confirmou que novas e luxuosas peças se haviam integrado à decoração dos espaçosos recintos. Tapetes orientais, cortinas adamascadas, rendas de Veneza, cristais da Boêmia. Espelhos, de molduras exuberantes, multiplicavam as janelas, candelabros, leques e máscaras de Paris — pedaços de outros mundos um tanto desajustados na simplicidade dos moradores e na arquitetura de ripas e barro. Samuel repeliu o pensamento de que tanta grandeza, como na guerra européia, pudesse de repente ser estraçalhada por uma bomba — ou castigada por um incensário cheio de fogo do altar atirado pelo anjo sobre a terra. Razão tinha Pacífico. Ele também devia saber que a alegria de Epícteto era nada possuir além do céu e da terra — "e me faz falta outra coisa?" E também o salmista: Com efeito, passa o homem como uma sombra; em vão se inquieta: amontoa tesouros e não sabe quem os levará. Ah, fazendas de Resende, responderia o reverendo parodiando o padre Vieira no Maranhão, se esses mantos e essas capas se torceram, haviam de lançar sangue.

Depois do café saíram para o pátio externo, amplo, cercado pelo casario colorido dos colonos. Podia-se ver a antiga senzala, o terreiro espraiado de grãos para a secagem, as tulhas cheias de sacas de café. Ao longe, a muralha do Itatiaia fecha o horizonte, destacando a Pedra Selada. A casa principal, toda branca, brilha sobre o fundo verde da mata entremeada de acácias floridas. A eira, logo abaixo do telhado colonial, indicava superioridade social sobre os que possuíam apenas a beira, visível nas pontas enfileiradas das telhas, por sua vez superiores aos ainda mais pobres, sem eira nem beira — evidências constrangedoras para a consciência do reverendo. No trajeto de volta, João Martins arrancou alguns espinhos do pé de laranja para substituir as gastas agulhas importadas da vitrola.

O piano de cauda estava aberto. Longe da orquestração da guerra, os dedos deslizaram suavemente a alegria da paz. Os canhões de 1812, ou de 1932, não poderão suplantar os acordes da cantata 147, de Bach. A melodia atravessa o salão, ecoa nas encostas distantes — Jesus, a alegria dos homens.

. . .

Papai falou muito bonito, tocou e ensinou uns hinos. Algumas pessoas choraram, não sei por quê. A esposa do seu João, dona Josefina, põe uma corneta no ouvido para escutar o que a gente fala. Na varanda eu fiquei sozinho com a Julieta, ela disse que tem 18 anos, mas gosta muito de mim. A mão dela é muito macia. Antes de pegar a charrete para casa, seu João deu um pacote de goiabada cascão que eu vi fazendo, as bolhas avermelhadas saltando para fugir do calor do tacho de cobre. E também bons-bocados, brevidades, ovos, frutas, uma garrafa de vinho. O Jamelão correu muito. Muitos devem ter sido os combates na Cidade dos Homens Pequenos.

17

BEM-AVENTURADOS OS MORTOS

Muitos foram os combates dos homens em luta nas frentes de batalha. Nos céus atroavam motores de aviões, desciam os ecos de tiroteios distantes. Na terra, feridos e mutilados chegam a Resende, entulham a Santa Casa, colégios, o clube. Nos dois cinemas da cidade macas e colchões ocupam o lugar das cadeiras entulhadas. Os prisioneiros seguiam para o Rio de Janeiro. O trabalho do reverendo crescia dia após dia. Ele havia acertado com o comando sua tarefa de capelão. não vestir farda, comparecer apenas uma vez por semana ao quartel e não receber qualquer remuneração. Cumpriria sua tarefa na visitação, no consolo possível aos feridos e prisioneiros. Começara com a campanha do jornal *A Lyra*, arrecadando de domicílio em domicílio mais de 700 vidros para estoque de sangue da Santa Casa. E ainda devia discutir com o cunhado os acontecimentos bélicos de cada dia.

— O movimento se estende por todo o país — anunciou Benedito, tentando disfarçar o entusiasmo contido. — Houve revolta até em Belém e em Manaus. Imagine, emissários paulistas tomaram navios no Forte de Óbidos e avançaram para

Manaus, pena que um deles foi afundado por um batalhão de infantaria, matando todos a bordo, uma barbaridade. Civis e militares marcharam sobre Natal. Em Salvador, a Faculdade de Medicina foi ocupada por estudantes e professores. E no Sul, Batista Luzardo levantou a cidade de Vacaria.

— É verdade — respondeu Samuel, irritado com o entusiasmo de Benedito —, mas, na Zona da Mata e em Viçosa, Gustavo Capanema detectou movimentos suspeitos liderados por Arthur Bernardes e Assis Chateaubriand, aliás, seu futuro genro. O jornalista é muito abusado, você sabe, chegou a publicar que Vargas é um incapaz, péssimo administrador, pau mandado pela loucura tenentista. Acabaram presos, não tanto pela crítica, mas por tentarem reverter a posição de Minas Gerais. Bernardes, por ser ex-presidente da República, foi recolhido ao estado-maior do Regimento Naval.

As cruezas do dia continuavam durante a noite, na revelação do que sabia cada um. As fontes não eram citadas, embora estivesse claro que coincidissem não poucas vezes. Samuel sempre tentava alertar para os horrores de um e outro lado, do terror de todas as guerras; mas não resistia ao jogo mais ou menos amistoso com o cunhado. Veja, insistiu, tudo isto que você conta foi sufocado com relativa facilidade.

— Não sei, não sei. O que sei — e surpreendeu Samuel — é que estamos ainda nos primeiros dias da luta armada, e o general Klinger já está providenciando a compra de grande quantidade de armamento: quinhentas metralhadoras pesadas, duas baterias de artilharia antiaérea, dez aviões de caça, cinqüenta mil fuzis, quinhentos milhões de cartuchos. — Quase entusiasmado, Benedito consulta um caderno de bolso. — Olha só, emissários paulistas conseguiram chegar ao Uruguai e ao Paraguai, outros foram à Itália, à Itália! São Paulo está trocando armas por dinheiro vivo ou sacas de café. E mais: vapores carregados de gasolina, lubrificantes, caminhões, sacos de trigo, e outros produtos, vêm do Sul por via fluvial. O Chile, bem pago, manda aviões. — Não se deixava interromper. Falava rápido, engolia sílabas e palavras, voltando freqüentemente às anotações. — Pena que dos dez aviões americanos Falcon, trinta e um mil dólares cada, apenas três chegaram a São Paulo. O mais extraordinário ainda é a produção bélica da Escola Politécnica e das Indústrias Matarazzo, canhões tipo Krupp e Schneider 75 e 105 milímetros, granadas de 75, eixos de velhas locomotivas transformados em morteiros do tipo Stokes, com alcance preciso de três quilômetros. Com esses nomes alemães, devem ser armas modernas, potentes. E ainda os cinco trens blindados armados de canhões, fuzis, metralhadoras pesadas, giratórias. Já passamos de duzentos mil voluntários!

Ouvem ruídos na Cidade dos Homens Pequenos. Pedro imitava os canhões. Aviões de papel roncavam sobre a bravura dos minúsculos soldados mobilizados num ataque ao exército paulista escondido nas pedras do Itatiaia. Calaram-se. Aqui e ali, num estalido seco, desabavam os soldadinhos de chumbo. A guerra estava diante dos seus olhos enternecidos. Um menino brincava com a morte — e Benedito de novo lembrou-se dos Batalhões Infantis que se organizavam na capital paulista, dos 1.600 combatentes da infantaria da Legião Negra, todos negros. A morte não se farta jamais. O poder das trevas. O silêncio de Deus.

...

Ainda não contei para ninguém. Mas ontem falei com um maquinista pouco antes do trem partir para o Rio, e ele me deixou entrar na locomotiva. Agora já sei por que todos os meninos querem ser maquinistas. E quando o último vagão sumiu na linha, aquele barulho quente continuou nos meus ouvidos. Acho que o papai também gostaria de dirigir aquela máquina.

Mas não vou contar que também ontem segui o Vadoca, com aquele saião preto, parecia até um padre. Dera mais um enterro, um caixão pequenino, tinha outras crianças, vivas, menores do que eu. Entrei no cemitério pela primeira vez. Não tive medo nenhum. É como uma cidade, ruas, avenidas, casas, quase todas baixinhas, jardins, e até uma igrejinha. Uma cidade muito quieta, todos dormem o tempo todo. Parece que todos os dias os vivos chegam, trazem mais um, e voltam chorando. Ninguém reparou em mim, ninguém perguntou nada. Ninguém sabe nada. A Cidade dos Homens Pequenos ainda não tem cemitério, os soldados que morrerem voltam a combater no dia seguinte.

Minha mãe disse que Resende pode ser bombardeada. Ela até parece que sarou. Desceu ao porão com o tio Nino, mandou arrumar tudo. Havia alguns escorpiões, mas não se parecem muito com a constelação que o pai mostra no céu.

...

A idéia de morte havia se tornado tão comum que muitas famílias a tomavam como uma fatalidade quase natural. A notícia podia chegar a qualquer momento. Enquanto não acontecia, rendiam-se graças ao santo preferido, ou a Deus diretamente, pela conservação dos parentes no campo de batalha, mesmo estando eles ali — que fazer? — para matar os que se encontravam do outro lado. Ou quando um porta-voz de olhar grave trazia o comunicado da sinistra realidade, consolavam-se uns aos outros, de novo agradeciam a Deus, ou aos santos diretamente, o heroísmo dos filhos, esposos, irmãos. Um combatente fora atravessado por uma baioneta enquanto dormia. "Família soldado João Alves Pimenta solicita vossos bons ofícios sentido ser enviado seu corpo esta capital." A ordem era morrer com honra, se possível enterrado no cemitério da cidade natal. Ou podia ser um ferimento, mais grave ou menos grave, passageiro ou para o resto da vida — dores que se diluíam no âmbito de famílias em geral distantes umas das outras, tragédias isoladas, um dia se há de morrer, mais cedo ou mais tarde. Ou ser morto. Klinger havia decretado a lei marcial em São Paulo. Para os traidores, dizia, levantar-se-á a ameaça de Napoleão ao príncipe José: merece a morte, segundo as leis da guerra. E usar métodos do grande guerreiro: concentrar massas de tropas sobre pontos estratégicos do inimigo, destruir tudo rapidamente, repetir a façanha em outra frente.

Nem sempre era preciso muita coisa para consolar os feridos ou aqueles cujos parentes haviam desaparecido. Bastava ao reverendo estar ali em silêncio — que mais? Os amigos de Jó, sentados com ele na terra, nada disseram durante sete dias e sete noites. Nem uma palavra. Pois viam que a sua dor era muito grande, os tumores malignos iam da planta dos pés até o alto da cabeça. Jó amaldiçoou o dia natalício, pediu para morrer. Às vezes, muitas vezes [a morte nos absorve inteiramente] — e os mortos se tornam bem-aventurados, nos campos de batalha, no silêncio do quarto de Aurora, na maquete assustadora do pequeno Pedro. Na sua paixão pela morte, o estranho Vadoca apenas esperava o momento de seguir o esquife até o túmulo. Razão tinha Maria Rita quando bendizia os que morriam suavemente, de morte natural, como se dormissem — sem dizer nem ai Jesus. Punha-se então o reverendo, agora ele, perante o retrato da família. Como as suas vestes, todos envelhecerão. Alguns já se ausentaram. Um dia os mortos serão mais do que os vivos — e a imobilidade dos corpos ali pousados será definitiva. Ou então, quem sabe [bateriam à porta, chegariam os parentes queridos, mortos recentes.]

No culto doméstico da manhã seguinte, lembrou o pregador do Eclesiastes, o Qohélet, aquele que sabe: pelo que tenho por mais felizes os que já morreram, mais do que os que ainda vivem. Mas leu só para si a profecia do quinto anjo do Apocalipse: os homens, naqueles dias, buscarão a morte e não a acharão; também terão ardente desejo de morrer, mas a morte fugirá deles. Cantou um hino, ele e Pedro ao piano, a quatro mãos.

...

O suicídio de Santos Dumont, no entanto, desabou sobre a nação inteira, ultrapassou os círculos familiares e as fronteiras do país, pôs em dúvida a lógica do conformismo que transformava a vida numa roleta. Cada vôo, cada bomba, parecia destruir a memória e o gênio do próprio inventor, ele que ressuscitara materiais fenecidos e levantara do chão objetos mais pesados que o ar. Uns poucos civis e militares, tomados de culpa e vergonha, pensaram em fazer o mesmo — e assim, quem sabe, lavar a consciência nacional do uso mortal de um aparato destinado à união de todos os povos. Como Pedro, o de Tolstoi, comentou Samuel com Benedito, deve haver uma espécie de necessidade de sacrifício, de sofrer com a consciência da desgraça geral. O suicídio do capitão Odoljan, constitucionalista, nunca chegou a ser esclarecido.

A notícia de um encontro na casa do reverendo, para uma comunicação importante, reuniu um grupo maior do que o costume. Samuel entrou direto no assunto. Tinha cópia do apelo de Santos Dumont à nação brasileira, escrito dias antes da tragédia.

"Meus patrícios. Solicitado pelos meus conterraneos mineiros moradores neste Estado, para subscrever uma mensagem que reivindica a ordem constitucional do país, não me é dado, por motivo de molestia, sahir do refugio [ao qual] forçadamente me acolhi, mas posso ainda por estas palavras escriptas affirmar-lhes, não só o meu inteiro inteiro applauso, mas também o apelo de quem, tendo sempre visado a gloria de sua Patria dentro do progresso harmonico da humanidade, julga poder dirigir-se em geral a todos os seus patricios, como um crente sincero em que os problemas da ordem politica e economica que ora se debatem, somente dentro da lei magna poderão ser resolvidos, de forma a conduzir a nossa Patria à superior finalidade dos seus altos destinos. Viva o Brasil unido! Santos Dumont."

A depressão vinha se alastrando na alma do inventor e ele chegara ao desespero, explicou Samuel. No sábado dia 23 de julho pendurou-se numa corda no banheiro do apartamento em que morava, no Hotel de la Plage, em Guarujá. Assim acabou a sua solidão, aos 59 anos de idade.

O silêncio era grande. Disse então, porém a morte não é o final, e não podemos julgar o seu ato. Morreu Alberto Santos Dumont, mas suas obras o seguem e permanecerão entre nós. Lamentável o que acontece com o seu invento extraordinário. Mas um dia o avião será um aliado da vida, quando a paz prevalecer no mundo — o lobo habitará com o cordeiro, o bezerro e o leão andarão juntos. E céus e terra estarão mais próximos. Imaginem. Dumont conseguiu dominar os balões esféricos, que antes obedeciam à vontade dos ventos. Num deles, ainda um tanto precário, subiu às nuvens. Saiu de Saint-Claude, contornou a Torre Eiffel, e retornou ao ponto de partida em menos de meia hora. Depois, levantou os 300 quilos do seu 14-Bis a dois ou três metros de altura. E chegou aos 60 metros nos Demoiselle. Parecia uma libélula a 96 quilômetros por hora. 1904. O nosso século mal começava.

Agora era Samuel que silenciava. O gesto de morte contrariava a ousadia gloriosa de cada ascensão. Santos Dumont devia sentir o quanto era mortal e quão imortal parecia ser — tão fácil sucumbir nessa aventura quanto superar, na certeza daquelas asas, no ruído possante do motor de 24 cavalos, os passos humanos ainda limitados à face da terra. [O céu regia aqueles momentos.]

Os presentes se impacientam. Nada sabiam dos antecedentes do inventor e dos seus inventos. Como era possível um talento tão excepcional ser levado à morte voluntária?

Samuel preferiu lembrar os dias de glória do inventor.

— Tive a felicidade de presenciar a chegada triunfal de Santos Dumont ao Rio, de volta de Paris, em 31 de janeiro de 1914.

Pedro provocou o pai, queria saber se ele tinha vindo de avião. Todos riram.

— Não, você sabe, ainda não era possível uma viagem tão longa. Mas o progresso da aviação tem sido rápido, embora mais para a mortandade. Santos Dumont sabia e se horrorizava — e não mais voou a partir de 1910.

Não sabia se continuava. Acabou acrescentando que, entre 1914 e 1919, o número de aviões de combate, só na França, crescera de 150 para 3.600. E em pouco tempo eram mais de 200 mil aparelhos construídos na França e na Alemanha — e agora a morte voa no nosso céu, nos espaços do próprio país de Santos Dumont.

— Vejam ainda o que ele escreveu a amigos: "Meu Deus, não haverá meio de evitar derramamento de sangue de irmãos? Por que fiz eu esta invenção que, em vez de concorrer para o amor entre os homens, se transformou numa arma maldita de guerra? Horrorizam-me estes aeroplanos que estão sempre pairando sobre Santos."

O encontro terminou com um minuto de silêncio. Bem-aventurados os mortos — pensou o reverendo.

18

ARMAI-VOS — UNS E OUTROS

Ainda no mês de julho, morto Santos Dumont, Goes Monteiro mandou 15 aviões destruir a base aérea dos paulistas. Na volta para o Rio, o que sobrou foi lançado sobre Taubaté. Eduardo Gomes elogiou a operação. Não era a primeira vez. Dias antes, 38 bombas quase acabaram com o Campo de Marte, na capital paulista; e ataques a Campinas e a Mogi-Mirim deixaram mortos e feridos. Pedro de Toledo conseguiu provocar protestos diplomáticos, enquanto o general governista Tasso Fragoso, inconformado com a violência, demitiu-se da chefia do Estado-Maior do Exército. Trata-se de resposta à ação aérea dos paulistas, revida Getúlio Vargas; mas Goes Monteiro nega haver ordenado os bombardeios. Vargas quer mais soldados em terra. Pede tropas ao Rio Grande do Sul, porém Flores da Cunha, que antes se contentara com 30 mil contos de réis, agora pede 50 mil. O presidente convoca soldados do Norte, muito mais baratos.

A represália paulista não demorou. Sob o comando do tenente Paulo Duarte, o trem blindado volta a provocar terror e numerosas baixas na linha de frente. Era o "fantasma da morte, instrumento inventado pelo diabo". Sua pintura oscilava entre o futurista e a natureza, e disfarçava as aberturas das bocas de canhões, metralhadoras e poderosos holofotes. Pela madrugada um avião Moth levanta vôo no Rio e se alia aos paulistas. E antes do fim do mesmo dia, todo um contingente de cavalaria do governo, destacado para a defesa de Itararé, passa para o lado paulista. Com as novas adesões, Klinger chega a pensar numa vitória.

Logo, porém, volta a convicção da derrota com a tomada de Queluz pelo major Zenóbio da Costa, e o recuo do trem fantasma. Os paulistas que não fugiram, mais de mil, são aprisionados. Quatrocentos nordestinos refugiados da seca, que nem sabiam por que lutavam, abandonam os paulistas e agora lutam contra. Por que ainda combatemos?, pergunta Klinger. A munição escasseia. Cartuchos deflagrados retornam a São Paulo para serem recarregados. A corajosa Maria Soldado morre em combate.

O general volta a animar-se. Um tenente da Força Pública de Minas é aprisionado por uma combatente e se confessa duplamente humilhado: ser preso e por uma mulher. Notícias de São Paulo: 72 mil voluntárias trabalham em oficinas de costura, na Cruz Vermelha, na distribuição de alimentos às famílias dos soldados, na Campanha do Ouro e dos Capacetes de Aço, 30 mil para as 70 mil cabeças. São protetores pesados, porém seguros, reproduzindo os capacetes franceses de 1914, acrescidos de um revestimento de lona para reduzir o calor e não refletir o brilho do sol. As mulheres acreditavam no seu lema — *Pro São Paulo fiant eximia!* E cantavam: São Paulo é dos paulistas, tenente, abaixa a crista. São Paulo é inexpugnável, garantem militares estrangeiros em visita às frentes de batalha.

De novo o desânimo paulista: um estilhaço de granada no coração mata o capitão Cícero, irmão de Goes Monteiro. E é sábado, dia de azar para os revolucionários: morre num acidente o comandante da Força Pública, e o general Klinger é ferido no braço com a explosão de um morteiro. Guerra é guerra, exclamou entre eufórico e amuado.

...

Reverendo. O dia declina. O ritmo do tempo se perde na repetição dos mesmos acontecimentos de ontem, anteontem, tudo igual, os ruídos das bocas de fogo, as costureiras (as metralhadoras), as mechas (granadas). Até os mortos se repetem, morreram ontem e voltam a morrer. Estranho, os ainda vivos sentem-se imortais neste império da morte. Me pergunto se estou pagando alguma culpa, como se todo o peso desse turbilhão fosse contra mim — castigo de um delito secreto, impossível de precisar, perdido nessas loucuras da vida. De repente, desaba o silêncio, grande, de uma extremidade a outra da terra, tão grande que também silenciamos. Pode ser o inimigo deslizando para um ataque de surpresa. Então é preciso assustá-lo, gritar. Até que voltem a retumbar as armas, o uivo dos cavalos, os gemidos dos ensangüentados — choro e ranger de dentes. Deus Pai, Deus Filho, Deus Espírito Santo. Senhor dos Exércitos, das tropas de Israel. Javé Sabaoth. Vida e morte coexistem, pouco significa uma coisa e outra. Ontem morreu um voluntário nosso, violinista, agora um cadáver agarrado a um fuzil. Peguei sua caderneta, anotei o endereço, visitarei sua família, se possível com a sua presença, reverendo. Lá estará o instrumento mudo, espera inútil.

Prendemos um legionário, Carlos Stadler, ex-combatente alemão. Ele abriu o bico depois de algumas ameaças. Havia se oferecido ao governo. Não aceito, foi para São Paulo. Tem uma carta em alemão, Liebe Camaraden, guardada pelo comando para ser traduzida. Carregava um fuzil velho, de 1890.

Os saques. Não há como controlar a louca euforia quando se entra numa fazenda ou aldeia. A terra de todo devastada e totalmente saqueada, li hoje em Isaías. Comemora-se uma vitória, mas também o fato de que se está vivo. Tudo é destruído. Pontes, igrejas, crucifixos. Atiram em animais, estupram jovens e crianças (quando não se oferecem). Uma alegria selvagem. Tudo aqui faz parte do tempo de matar, de derribar, de espalhar pedras, de rasgar. Tempo de guerra. Como antes, há milênios, coisas do Antigo Testamento, quando se atacava uma cidade: e todos os do sexo masculino que houver nela passarás ao fio da espada... e desfrutarás o despojo dos teus inimigos. A conversão de espadas em relhas de arado, de lanças em podadeiras, segundo profetizou Miquéias, está cada dia mais distante. Mas aqui até mulheres lutam do lado paulista. Resgatei a identidade de um corpo dilacerado, o rosto contraído — Maria José Barroso, cútis "preta". Um oficial paulista, preso, disse que era chamada de Maria Soldado. E os Homens Pequenos? Que tenham encontrado a paz. Pacífico. Leia também Isaías 50, 11.

P.S. — Hoje cheguei a invejar, reverendo, os que não crêem — o número deles aumenta por aqui, como se um enorme peso lhes caísse dos ombros, ainda mais que mal se agüenta a carga bélica de cada um. É o alívio da falta de dúvida. Ou pelo menos da Grande Dúvida, o reverendo me entende. Se antes perguntavam, Ele existe?, agora têm a resposta. Não existe, deixou de existir — ou talvez se tenha retirado para não ver os estragos que suas criaturas têm feito no mundo. O sangue é a marca maior desta maldade sem fim — e o problema é por quem é derramado. Como tomar a santa ceia depois de tanto sacrifício, tanto sangue vertido, tanto corpo partido. O senhor me entende, não se trata de um morto, morre-se por atacado. Ou, quem sabe, aqui todos os pecados são de novo lavados e *perdoados. Perdoe-me também, reverendo, estas heresias à luz de uma lamparina (que até podia ser uma boa lembrança), no fundo de uma barraca sacudida pelo vento. Amanhã cedo, muito cedo, o fogo recomeça, cerrado. Chegarão reforços da artilharia — e corpos de paulistas voarão pelos quatro pontos cardeais. Ai deles, ai de nós.*

. . .

O reverendo passou a tarde pensativo. As cartas de Pacífico moviam-lhe as entranhas. Incomodava-lhe sentir nelas um pouco do seu jeito de escrever. Teriam sido as aulas de redação ao lado do curso de homilética? Pacífico havia assumido o seu papel — um homem de guerra. A guerra é mãe e rainha de todas as coisas, como disse Heráclito ao contemplar os conflitos e confrontos da natureza. Disse também que Deus é um fogo. Um fogo consumidor. Assim, descontente com o "fogo estranho" que os filhos de Aarão trouxeram perante o Senhor, ele os consumiu — com fogo — e morreram perante o Senhor. Só o fogo purifica o fogo. Só o sangue lava o sangue derramado. Também houve guerra no céu, Miguel e seus anjos contra o Dragão — o diabo e satanás.

. . .

A viagem ao Rio, providencial, ajudaria a refletir sobre as contradições daqueles dias. Os acontecimentos externos, mais do que nunca, lhe pesavam no sangue, nas veias, no coração. Queria ver colegas, discutir essas contingências que por vezes pareciam abalar a fé. Na Convenção Mundial de Escolas Dominicais, que se realizaria no Theatro Municipal, estariam muitos teólogos, inclusive John Mackay, discutindo o tema geral —

O Cristo Vivo — enquanto se morre por aí à toa, enquanto o próprio Getúlio inaugura o evento que reúne 50 países, formalidade que o cardeal não via com bons olhos. Samuel também estaria com as filhas, no domingo, de surpresa, visitaria a sua igreja, quem sabe, um concerto de Villa-Lobos, agora contratado pelo presidente para organizar corais de estudantes em todo o país. O comandante havia garantido o salvo-conduto. Embarcaria nos próximos dias. Mas temia deixar Resende, Aurora, Pedro, Benedito, Maria Rita, os amigos, a cidade ameaçada, os Homens Pequenos revoltados. Porque ainda os dias não se haviam cumprido.

Guardou a carta de Pacífico. Nada edificante. Nem mesmo as citações do Eclesiastes, apenas o lado humano, pessimista, do Pregador. Menos ainda a citação do livro de Deuteronômio. Muito pior o *post scriptum*. Tanto podem as palavras. Armas poderosas o papel e a escrita, queria dizer Vieira quando advertiu que se as penas não fossem sãs e puras como os raios do sol, seriam apenas como raios, causa de todas as ruínas, e de todas as calamidades, de cálamo, que antigamente faziam-se as penas de canas delgadas, derivação ainda maior na política que na gramática. Longe das frentes de combate, os comandantes também se digladiam com as palavras, abertas ou cifradas, pelas rádios clandestinas ou penduradas no peito dos pombos-correio ou nos revólveres lança-mensagens. Cada telegrama podia ser um petardo certeiro. Klinger tinha boa pontaria, irônica. Conseguia descontrolar a frieza de Goes Monteiro, preocupar o comando governista na sua busca inútil de apoio popular. Em São Paulo, dizia um telegrama, "Os ricos entregam o seu ouro, com discrição britânica e bravura romana; as senhoras despojam-se de suas jóias; os bispos entregam o ouro das igrejas e as suas próprias cruzes peitorais; os casais pobres levam à coleta suas alianças; os advogados, os médicos, os seus anéis." O verbo chegava, inclemente, onde as armas não atingiam: "Oswaldo Aranha e Goes Monteiro, os dois próceres da ditadura revolucionária, são visceralmente fascistas. O sr. Goes Monteiro é fascista até a medula óssea e o sr. Aranha quando pelo Brasil passou o general Ítalo Balbo, em *raid* memorável, andou embevecido, a sugar palavras de proselitismo na boca do representante de Mussolini, como que ensaiando até gestos e atitudes fascistas." Mais de 19.500 alianças de casamento, 50 mil contribuintes do Ouro da Vitória — daria para lastrear a moeda paulista num banco da rua 15 com os lingotes fundidos, como nos tempos da mineração.

Palavras e gestos humanos. Efêmeros. Passará o céu e a terra, mas as minhas palavras não passarão.

19

É GRANDE A TRIBULAÇÃO

A locomotiva é a mesma que trouxera Pacífico e seu batalhão da morte. Agora retorna para buscar outros mortais. Samuel contempla demoradamente o moderno artefato, uma Pacific 1927, superaquecida, cento e tantos mil quilos de peso, o número gravado na fronte de ferro, 353. Deixa-se envolver pelo calor esfumarado da caldeira tubular aquecendo a friagem da madrugada. O nevoeiro cobre a estação, a cidade, quem sabe, o mundo. Não importa. O destino está nos trilhos. As infinitas paralelas guiarão as enormes rodas motrizes.

A viagem correu melhor do que imaginavam. Benedito, radiante, exibia o salvo-conduto, conseguido graças à palavra do reverendo de que o cunhado não voltaria a Resende. Os olhos serenos de Samuel movem-se entre a paisagem que lentamente se ilumina e o segundo volume de *Guerra e paz*, 630 páginas de letras quase tão miúdas quanto as de sua Bíblia. O livro principia com a imagem de Leon Tolstoi, cabelo desgrenhado, barba e bigode de um profeta turbulento. Ou de um apóstolo. Os terríveis olhos eslavos tanto podiam expressar a luta contra a igreja estabelecida quanto a busca radical da caridade do cristianismo primitivo. Mas também apregoam a não-violência, embora esse olhar jamais pudesse esquecer, como oficial do Exército russo, a luta no Cáucaso e na Criméia, faz pouco mais de um século. A mortandade de sempre. Embustes. Traições. Roubos. Incêndios. "No dia 12 de junho de 1812 os exércitos da Europa Ocidental atravessaram as fronteiras russas, e a guerra começou: quer dizer, cumpriu-se um acontecimento contrário à razão e à natureza humana. Milhões de homens praticaram, uns contra os outros, crimes, embustes, traições, roubos, fraudes, pilhagens, incêndios, morticínios — e toda essa gente, autora de tantas atrocidades, não as considerava como tais." Cem anos. Milhares de anos. Antes e depois de Cristo. Hoje e para sempre. Pelos séculos dos séculos? Bolívia e Paraguai no Chaco, o Brasil, a nova guerra mundial cada vez mais próxima. Adolf Hitler, com maioria no Reichstag, pode tornar-se chanceler. Nos tempos do profeta Eliseu, os israelitas atacaram os moabitas, arrasaram cidades — e cada um lançou a sua pedra em todos os bons campos, e os entulharam, e taparam todas as fontes de águas, e cortaram todas as boas árvores. Aqui também, às margens do rio das Almas, dois dias inteiros de granadas e de artilharia, de um lado e de outro, até que se finda a munição e as armas brancas se confrontam no corpo-a-corpo. De madrugada, em saindo o sol, viram os moabitas defronte deles as águas vermelhas como sangue. Também no rio Paraíba deslizam grandes barcos na correnteza da calada da noite, repletos de fantasmas fardados ocultos pelo eclipse da lua escurecida. Num silêncio grandioso ocupam a Cidade dos Homens Pequenos, os aposentos da casa, as ruas sonolentas de Resende. O barulhar do trem na ponte de ferro desperta os ouvidos de Samuel, depois os olhos. À direita a cidade vai surgindo ao brilho suave de um sol indeciso, fonte de paz assim à distância. Os janelões azuis da casa parecem oscilar entre a colina e o céu. Aurora, Maria Rita, Pedro. Um pano branco esvoaça, adelgaça na velocidade do comboio, na fuga do tempo. Benedito deixa que o lenço de Samuel se estenda sozinho ao vento em resposta ao ritual familiar.

Correio da Manhã de 28 de julho, quinta-feira: "Sábado próximo, o Comandante Alcídio, do Lloyd Brasileiro, levará do Rio para Santos as famílias ali residentes, que se acham no Rio, trazendo para esta capital as pessoas que se encontram naquela cidade e quiserem embarcar." A manchete do dia 29 preocupava Benedito: "É grande a lista de passageiros que embarcarão amanhã, com destino a Santos. Só poderão levar uma valize." Teve vontade de pedir as orações do reverendo. Escreve uns versos, mas joga pela janela o papel amassado. A *Revista da Semana*, governista, sempre exibe uma linda mulher de capa inteira, colorida. As pernas cruzadas abrem o vestido quase até o joelho. No Nordeste o flagelo da seca. Foto de Getúlio, um ministro de cada lado, da Guerra e da Marinha, contentes com a legenda: Mussolini louva as manobras da esquadra brasileira, "um prêmio o elogio do duce". Vista geral de Santos. Dentro de uns três dias o novo pesadelo termina e estará desembarcando. Piff, Paff e Puff divertem-se nos rodapés de várias páginas. Mostra a Samuel a foto do cartaz que circula nos Estados Unidos: *Wanted, Charles A. Lindbergh Jr. This child was kidnapped from his home.* Aqui centenas se matam e ninguém procura os responsáveis. Página seguinte: "Antigamente todos viviam mais de cem anos", e agora é só usar "Ventre Livre". Carta do avô para a sua mãe: *9 de agosto de 1891. Maria Rita, recebemos a vossa carta e muito nos penalizou a sua tristeza por causa do vosso filho ter sido chamado por Deus. Não fique muito triste. Deus sabe por que levou o vosso filho. Talvez fosse para atalhar maior desgosto aos Paes. Consideremos que elle morresse depois de creado, seria uma pena dobrada para vós. Eu também sentia muito quando algum de vossos irmãos morria; porém considerando que nada acontece a não ser pela vontade de Deus, eu me conformava. Não foi por falta de promessa, eu fiz promessa para elle sarar, porém se Deus não quis me ouvir é porque Elle achou que era tempo de ter mais um anjinho no Céu. Eu tenho sofrido muito por causa dos meus filhos que estão vivos, porque sou pobre, não posso remediar as necessidades de todos, tudo isto é soffrimento — e pelos oito que já morreram eu não soffro mais por elles porque estão melhores que eu. Não fique desesperada que é pecado não se conformar com a Santa Vontade de Deus. Terça-feira Aninha vai fazer companhia para vós, eu volto para o sítio de Maria das Dores e depois que acabar o beneficio do café volto com ella. Aceitai uma benção minha e de vossa Mãe. Vosso Pae amigo, Antonio Rodrigues.*

Uma patrulha do Exército acompanha dois funcionários da estrada de ferro. Examinam bilhetes, anotam os nomes dos salvo-condutos numa lista. Não respondem ao cumprimento sorridente de Benedito. Nada perguntam.

São José do Rio Pardo, 22 de junho de 1890. Ilmo. Snr. Alfredo Theodoro. Recebi sua carta de 17 do corrente. Muito estimamos saber que Vm^{ce} e Maria Rita gozam de saúde. Nós andamos bons, como Deus é servido. Fico sabendo que já não está mais na Fazenda. Digo-lhe que é mesmo muito difícil qualquer empregado se acommodar em morar junto com o Patrão, é preciso, conforme os Patrões, ser meio sem-vergonha. Pois fique certo que há muitas fazendas e logo poderei arranjar uma boa e então avisarei. Enquanto está desempregado venhão passar aqui comnosco que teremos muito prazer nisso. Faça o favor de dizer ao Compadre Chiquinho que depois que eu prestar contas deste trimestre, que vence agora no dia 30, é que iremos para lá, antes não é possivel. Quei-

ram Vosmces todos aceitar muitas saudades. Seo sogro e am°, Antonio Rodrigues.

. . .

Na saída da estação Pedro II, o oceano turbulento do Rio de Janeiro parece mais agitado: gente, carros, sirenes, veículos militares. Muitos. Todos apressados. Benedito toma um táxi para o porto, apenas um aceno, não gosta de despedidas. De lá, com outro salvo-conduto, será conduzido para o cais norte do Arsenal de Marinha na ilha das Cobras, de onde o paquete levanta ferros às 12 horas. No confortável ônibus da Light, Samuel segue para o Centro. Fazia tempo não ouvia o ranger do bonde na curva de entrada da Galeria Cruzeiro. Ali tomará um bonde para Botafogo, que surpresa para as filhas no internato do Bennett. Vão regalar-se com os doces e biscoitos da avó. Amanhã, sábado, caminhará com elas em Copacabana, a maresia inundando as narinas, entrando pelos poros, salpicando as lentes dos óculos. O mar. Da espuma das ondas até a borda de outras terras, outros povos. A terra se encherá do conhecimento do Senhor, como as águas cobrem o mar. Depois os irmãos, na carne e na fé. No domingo, outra surpresa. Chegará de repente no templo da rua da Passagem. Barulhentos esses bondes. Confusão nas ruas. Manifestações contra o governo, discussões públicas, paradas de estudantes. Com cem réis compra o *Jornal do Brasil*. "Chegaram ao conhecimento da policia os rumores de uma agitação de estudantes a realizar-se dentro de poucos dias. Embora estejamos convencidos de que os referidos rumores não passam de boatos, espalhados por indivíduos que procuram explorar, na sombra, a situação política do momento, acha-se esta chefatura no dever de levar á população do Rio de Janeiro a certeza da manutenção da ordem, na sua mais absoluta segurança." Volantes anunciam para sábado o Grande Comício da Paz, convocado por mulheres, frente ao Palácio do Catete: "Queremos acordo com os beligerantes. Queremos que o solo da Pátria cesse de se encharcar com o sangue de nossos próprios filhos." Bombas explodem em vários pontos da cidade. Samuel volta à primeira página do jornal: "Não querendo impedir, no entanto, esta chefia que elementos convictos de suas idéias possam defendel-as no campo da luta, previne que, a partir de 10 horas de domingo, será facilitada uma producção áquelles mais dignos que desejem correr em S. Paulo os mesmos riscos de seus companheiros em armas. Fóra disto, a policia tratará sem distincção, como simples arruaceiros e, portanto, com o maximo rigor e energia, todos aquelles que procurarem perturbar a ordem publica, que será mantida a custa de quaesquer sacrificios. João Alberto, Chefe de Policia." Ameaças de sublevação num corpo da Polícia Militar e em unidades da Marinha. Protestos contra a requisição de bens particulares. Paulistas dão voluntariamente fortunas inteiras, enquanto o governo central tem que confiscar tudo quanto pode para completar os meios de aprovisionamento e transporte das forças armadas. Em todo o país. Em Resende foram requisitados carros, charretes, carroças, cavalos, muares, alimentos. Emissão de mais 400 mil contos de réis. Cresce a dívida nacional. Não importa, repete Getúlio, dívida se paga com mais dívida. Entre os anúncios de inúmeros "Precisa-se", uma charge mostra o presidente interpelando um ministro: Então, traz algum boato? Não, responde, hoje ainda não tive tempo para inventá-los. A revolução parece perdida para o governo federal. Vargas pode renunciar a qualquer momento.

Samuel confere as horas do relógio de bolso com os delgados ponteiros pontuais da Galeria Cruzeiro. Nem seis horas, e a noite vai entrando pela tarde. Cantarola o hino 297, *fin-*

da-se este dia que meu Pai me deu. Na confeitaria Pascoal saboreia empadinhas, famosas. Sorve devagar um chocolate quente. O movimento da rua entra pelas portas de vidro, reflete-se nos espelhos, mescla as imagens iluminadas pelas primeiras luzes dos elegantes postes torneados que beiram as calçadas e dividem a avenida Central em duas pistas. Caminha até a Cinelândia. As fachadas dos cinemas cintilam. No Theatro Alhambra, Procópio Ferreira interpreta *Segredo*, de Oduvaldo Viana. No Phenix, que horror, *As vendedoras de carícias* e *Sexos invertidos.* A cidade, seus pecados, seus fascínios. Homens, mulheres, pobres, ricos, veículos, arranha-céus, caos e harmonia no barulho indefinido. Quase cumprimenta os que passam, como na intimidade do interior. A principal artéria do Rio de Janeiro parece concentrar toda a lide urbana da metrópole carioca na engrenagem das redes invisíveis que ampliam indefinidamente cada gesto; e os passos apressados que em breve a noite irá recolhendo na distância de cada um.

...

Como os espaços dispersos da cidade, a vida se divide — da pátria amada aos queridos ausentes, da comunidade da fé às perguntas sem respostas; mas a babel urbana é o centro de todas as aflições, todos os pecados. Como nos dias anteriores ao dilúvio, comiam e bebiam, casavam e davam-se em casamento — porém agora chegou o tempo da grande tribulação. A pregação de domingo está no sermão profético, Mateus 24. Mas o Mestre pregava no meio da vida; e eu falo, ele fala, nós pregamos confinados nos muros da igreja, protegidos pela trincheira do púlpito diante de confortáveis bancos nem sempre bastante freqüentados. Importa, porém, caminhar hoje, amanhã e depois. Mas convém não falar as tuas próprias palavras, recomenda Isaías. Voltará logo para Resende.

...

Assim teria feito, não fossem as manchetes dos jornais de 2 de agosto, terça-feira, dia dos seus 46 anos, já não poderá passá-los ao lado de Aurora. "Comandante Alcídio volta de Santos sem desembarcar os passageiros. Ânimos exaltados a bordo. Doméstica alemã tenta atirar-se ao mar." Foi esperar o navio. Benedito estava desolado. Um absurdo, repetia, repetia. A maldita marinha governista cercou o porto de Santos, ao largo, nenhuma embarcação poderia passar. Mal se dormia. Tudo lotado. Comida péssima. O mar revolto. Os que não enjoavam fornicavam. Nem tenho coragem de contar o que vi a bordo. Samuel custou a convencê-lo de que não poderia voltar a Resende, seria detido. Conformou-se quando soube que hidroaviões da Panair, fretados, haviam sido autorizados a voar entre Rio e São Paulo, levando e trazendo passageiros. A 217 quilômetros, lembrou o cunhado, em menos de duas horas estará em casa.

No dia seguinte, ainda cedo, Samuel esperou a chegada do Graf Zeppelin. Seu estranho brilho metálico lá estava quase imóvel entre uma nuvem de algodão e o Cristo do Corcovado, impávido colosso. Durante a noite, na altura do Recife, o dirigível sobrevoara a baixa altura o *Capitão Arcona*. Iluminado pelos faróis do navio devia parecer um gigantesco peixe dourado suspenso nos ares. Pendura os olhos no enorme vulto silencioso; depois, como nas fotografias, inverte a imagem, imagina-se na cabina luxuosa da nave. Das alturas contempla a deslumbrante miniatura da cidade, misto da nitidez de um daguerreótipo e da confusão do amontoamento de caixas e latas e

TENENTE PACÍFICO

ferros, objetos insondáveis de um brinquedo aparentemente dono de si mesmo; e seus homens pequenos movendo-se incessantemente. Ou imóveis como ele, olhos no céu, o impossível flutua — [é sempre mais difícil ancorar um navio no espaço.]

...

Chegou de repente. Gostava de surpresas. A porta está apenas encostada, a casa quieta, encantada. No piano aberto, escalas e minuetos das aulas de Pedro. Samuel contempla o teclado. Depois da ausência, os dedos têm ânsia na transformação das notas e oitavas em sons que invadam a casa e anunciem a sua volta. Melhor que palmas ou gritos ó de casa. O improviso, alegre, atravessa o corredor, entra na sala, percorre os quartos, sai pela janela, vai até a esquina. Na porta surgem caras felizes. Aurora está ligeiramente corada, quase o rosto de outros tempos.

Samuel relata a viagem, todos os detalhes. Já estava sentado na cadeira do luxuoso consultório dentário do irmão, quando chegam Getúlio e seus seguranças Paulo, o dentista preferido do presidente e de outros políticos de renome, manda que saia e espere. O templo estava cheio. Ficou sem jeito com a recepção, não achava apropriado bater palmas na casa do Senhor. Acompanhou os hinos no pequeno órgão de tubos, pregou, depois do culto solene a conversa se prolongou, falou de Pacífico, da guerra e seus ruídos, dos mortos e feridos.

Havia novidades na casa. Samuel é conduzido pela escada de serviço, abraçados ele e a esposa. O grande porão transformara-se num abrigo. Aurora estava convicta de que a cidade seria o próximo alvo dos paulistas. Sonho, intuição, não sei, não me lembro, disse. Acho que vi um avião sobrevoar Resende pela madrugada e descarregar bombas. Foi até melhor que as meninas não tivessem vindo. Aqui no porão estaremos seguros.

Lembrou-se Samuel de outras previsões, mas não disse que essa lhe parecia um tanto exagerada. O bombardeio dos Homens Pequenos confirmava o prenúncio de Aurora. Pedro estava sério: isso mesmo, aviões paulistas despejaram pedaços de chumbo, quase acabaram com a Cidade. Maria Rita parece conformada com a ausência de Benedito. Se houver mesmo um ataque, ele estará salvo. Não, os paulistas não farão uma coisa dessas. Que todos os santos e todos os anjos e arcanjos nos protejam.

É mais uma tribulação, grande, murmura Samuel. Agora provém dos ares. Pobre Santos Dumont, desventurados céus e nuvens [sem o jubilar dos pássaros]. O gato se enrodilha nas suas pernas num miado vagaroso.

. . .

13 de agosto, sábado. Samuel apóia os braços na janela entreaberta da sala. O ar frio da madrugada entra nos pulmões. Uma coisa era essa felicidade momentânea envolta no silêncio da grande lua, brilho discreto deslizando na lenta caminhada das águas do Paraíba; outra coisa é a mesma claridade no campo de batalha. A última carta de Pacífico chegara pela tarde, mas havia deixado a leitura para a noite, todos dormindo, não teria que comentar as crescentes tribulações da linha de frente. *Reverendo, a lua prateada começou cor de sangue e foi ficando tão clara que doía nos olhos. Na trincheira todos mudos, imobilizados pelo mistério dessa trajetória solene, tranqüila — como se nada mais existisse a não ser um planeta alumbrado, vazio, sem humanos, sem guerra, sem medo, nada. Não estamos em nenhum lugar, quando muito nos confins da terra. Mas a*

TENENTE PACÍFICO

lua, como a paz, não vai durar muito. Após cada silêncio — quanto mais longo, mais terrível — todos os ruídos recomeçam — e nos transformamos em animais selvagens, como um reptil que rasteja pela terra. Matamos. Morremos. (Quem me dera ter asas como de pomba.) É a lei antiga: olho por olho, dente por dente, mão por mão, pé por pé, queimadura por queimadura, ferimento por ferimento, golpe por golpe. E ainda acontecem coisas estranhas. Um capitão do Exército de Leste, devoto de Santa Terezinha do Menino Jesus, como o senhor sabe, a virgem alcandorada de Lisieux, saiu quase sem armas (só 43 cunhetes de munição) em perseguição aos paulistas, gritando "nenhum de nós morrerá em combate". E ninguém morreu. Chegamos às gargalhadas (aqui se ri à toa, é nervosismo) quando soubemos que a partir de hoje, e todas as noites, às 9 horas, as igrejas (católicas, por suposto, que as nossas protestantes aboliram essa beleza que é o sino) tocarão badaladas compassadas, um convite à paz e à oração. Assim recomendou D. Sebastião Leme — e certamente o senhor vai ouvir toda santa noite essa oração pro pace. Ore também, reverendo, até mesmo por estes pobres muares carregando nos lombos, morro acima, peças de um canhão de montanha de 75mm, coisas pesadas, antigas, modelo 1919. Minha patrulha, explorando as redondezas, chegou até a linha férrea. Passava devagar um trem sanitário, luzidio, uma visão do outro mundo. Dei sinal para que parasse. Parou. Pedi que atendessem a dois feridos graves. O capitão médico foi extremamente cordial, fez os curativos possíveis. Trocamos um aperto de mão e de nomes. Chama-se Juscelino Kubitschek de Oliveira.

O reverendo estava diante de outro Pacífico, mais um — quem somos, quantos somos. Um cristão fardado, matando para não morrer; ou um missivista que se multiplica em imagens, tormentos, revoltas. Ao contrário do que imaginava Epicuro, as imagens — os ídolos, como eram chamadas — não saem das coisas pequenas para ferir o sujeito; mas saem dele mesmo, irrompem em seres especiais sujeitos a situações que desconhecem ou que rejeitam sem que delas se possam livrar. *Ora, reverendo, a lua também nos confunde, que à noite deveríamos ser como cegos, nada ver, para que os olhos e a imaginação descansem; que à noite bastam os sonhos e suas imagens. Mas aqui, não, temos que ver de dia e de noite, ou melhor, devemos ver e não ser vistos. Às vezes, não poucas, tenho medo de que tudo não passe de um imenso acaso universal. Por que morre ele e não eu? Por que eu, de repente, e não esse satanás uniformizado de coronel (ninguém o tinha visto antes) que mais parece um monte de pólvora incandescente? Uma estação de rádio de São Paulo alerta para a fabricação de gases asfixiantes pelo exército governamental. Quanto a mim, eu atiro, atiro, até o corpo do fuzil ficar vermelho. Ai de mim. Já não perguntava Nietzsche "quem limpará este sangue de nossas mãos?" E o meu socorro, de onde virá? Aqui, dos montes, descem apenas os fogos de uma contrabateria.*

...

Nesse mesmo 13 de agosto, sábado, uma e vinte da madrugada, Aurora apareceu na porta da sala. Vamos para o porão, disse. Estava calma, segura. Acorde o Pedro, eu vou chamar mamãe. Samuel não revidou. Um ataque aéreo parecia encaixar-se na lógica dos acontecimentos, nos comentários de Pacífico. Deu-se conta de que as informações da linha de frente, dos jornais diários, das rádios, dos boatos traziam a guerra para dentro de casa — a guerra que Pedro reproduzia com espantosos detalhes na sua Cidade, parcialmente destruída. A bala de fuzil que o tenente entregara ao menino, cuidadosamente guardada, concentrava

todas as ameaças da guerra paulista, de todas as guerras —
bastava uma estocada na cápsula do cartucho.

Os estrondos começaram, mal a família se refugiara no abrigo
da casa. Maria Rita não se conformava com a ousadia paulista.
Devem ser trovões, dizia. Mas Pedro mostrou-lhe a lua prateando
as pedras irregulares da área. Bem, disse conformada, depois da
tempestade vem a bonança. Em silêncio Samuel interpela os céus
com temor. Bichinho mia num canto do porão. Aurora comanda a
operação familiar, quase a disposição física de outros tempos. Meia
hora depois disse que poderiam subir e retomar o sono interrompido. Não que fosse possível dormir depois de tanta emoção. Muitos
desejos percorrem os sentidos depois de redescobrir a vida que
poderia estar soterrada sob escombros.

A Cidade dos Homens Pequenos estava intacta. Na meia-luz
era difícil distinguir o exército azul do vermelho, mas todos
pareciam atentos nas suas posições. Então Pedro atravessou o
salão deserto, cuidando para que as tábuas não chiassem debaixo dos seus passos. Desceu de volta os degraus da velha
escada. A porta do quarto de Corina estava encostada. Deitou-se ao seu lado. Um calor diferente invadiu todo o seu corpo.
Está frio, disse ela, puxando mais a coberta.

A confirmação veio no dia seguinte: 12 bombas mataram algumas cabeças de gado numa fazenda, confundida com o
campo de aviação. Fora um golpe preventivo dos revolucionários contra cinco Waco CSO, os vermelhinhos, camuflados no
aeroporto de Resende sob folhas de bananeira, prontos para
um novo ataque às cidades paulistas.

...

Por vezes, como ontem — lembrou Samuel no culto doméstico —, parece que chegou o tempo das tribulações. O que não será então a Grande Tribulação; ou talvez o sermão profético de Jesus venha se cumprindo sempre que explode uma guerra, aqui, ali, sempre que predomina a violência. No sertão de Sergipe, Lampião é perseguido implacavelmente, como antes perseguiam os cangaceiros sob seu comando. Mas nem tudo se resolve pelas armas. Gandhi trava uma batalha pacífica que emudece o fogo do domínio inglês; e agora protesta no silêncio de uma greve de fome contra a liberdade condicional que lhe impuseram. Na Suíça, prosseguiu Samuel, sorriso contagiante, o professor Piccard mais uma vez chegou à estratosfera, pairando acima de 16 mil metros, como uma nuvem, que maravilha, um dia inteiro na solidão das alturas contemplando os céus e a terra. Se um dia nos ameaçam as marcas de [um grande desastre sobre a terra], há paz em outros lugares. Ao anoitecer pode vir o choro, diz Davi no salmo 30, mas a alegria vem pela manhã. Demos graças a Deus por estes sinais. [E todo sinal é uma profecia.]

20

O FIM ESTÁ PRÓXIMO

Com o recuo dos paulistas, premidos pelos ataques maciços das forças federais, o quartel-general transferiu-se para Cruzeiro. Resende, porém, não se livrou dos soldados. Continuavam a chegar, agora das linhas de frente, onde tropas paulistas ainda resistiam. Entre os 800 feridos, mais de dois terços não passam de doentes ou estropiados. O doutor Paixão, convocado pelo comando, circulava entre as camas e macas agrupadas na Santa Casa, nos cinemas, no grupo escolar; ou em fazendas transformadas em ambulatórios de emergência. Mais de uma vez, ele e Samuel se encontraram diante dos mesmos gemidos, da revolta pelos membros amputados, do temor da morte prematura. Mais de uma vez o doutor chamou o reverendo para dizer-lhe, com serenidade, agora é com o senhor, capelão, eu fiz o que pude. Com freqüência davam com Vadoca atrás de notícia dos enfermos de maior gravidade — e dos mortos, 14 nos últimos dias. Muitos rezavam para que as feridas continuassem a sangrar, outros não as deixavam sarar, pois bastava qualquer melhora para retornar à frente de luta. A Aliança Nacional das Mulheres, de São Paulo, conseguiu visitar prisioneiros paulistas na ilha Grande. Levavam doces, chocolates, agasalhos, cigarros, santinhos. Quanto mais bonitas ou carinhosas, maior era o conforto.

— O fim se aproxima — disse o doutor. — A exaustão dos militares, de um lado e de outro, é o sinal físico do esgotamento, diagnóstico de corpos em decadência. Agora, só a paz. Não creio em novos atos de desespero, como os bombardeios. Não mais o farão. E um dia se reconhecerá que não existe essa anunciada harmonia na sociedade paulista. Os problemas reais do país estão sendo camuflados numa peleja entre São Paulo e o *resto*; assim como o movimento tenentista de 1930 ocultava o conflito maior, entre as classes sociais. A luta é pelo poder, pouco interessado em resolver as contradições que se arrastam pelo Brasil, há séculos, pelo mundo, há milênios.

Pelo menos haverá paz, repetiu o reverendo, embora seja a paz que o mundo dá e não a que Jesus anunciou. Mas ainda não é o fim, como grita com razão o dirigente pentecostal na praça Oliveira Botelho, na frente da matriz, cada vez mais gente. O fim está próximo, o fim está próximo, repete todos os dias, Jesus está para voltar dentro em breve — e nisto ele talvez se equivoque, não vos pertence saber os tempos ou as épocas que o Pai estabeleceu.

...

Os últimos acontecimentos confirmavam a derrota paulista. Já em meados de agosto, Klinger mandara um almirante sondar a possibilidade de armistício, que se tornou inviável diante das condições impostas por Getúlio, humilhantes, inaceitáveis. Em 27 de setembro, numa conferência em Taubaté, Klinger e outros comandantes concluíram que a revolução estava perdida. Mas o alto comando, em São Paulo, decide continuar a luta com voluntários e militares que o desejassem, "até o fim, até o extermínio, se necessário". O telegrama de Figueiredo arde nas mãos de Klinger. Nega-lhe autoridade para tomar decisões de paz. A resposta surpreende. O general dá prazo até a uma da madrugada para que o comando paulista assine com ele o armistício. Ante a negativa, decide sozinho: "Com o fito de não causar à nação mais sacrifícios de vidas nem mais danos materiais, o comando das Forças Constitucionalistas propõe imediata suspensão das hostilidades, em todas as frentes, a fim de serem assentadas medidas para a cessação da luta armada. General Bertholdo Klinger."

Os ministros de Getúlio comemoram. O telegrama circula de mão em mão. O presidente, impassível, determina as negociações para o fim da luta. Venceu, poderia haver perdido. Porém sofre com os que perdem. Um dia, quem sabe, ele mesmo será derrotado pelos que o apóiam. Como se um dia também não fossem eles perder todo o poder. Pelas contingências da vida, ou da morte — de cada um.

...

3 de outubro. Reverendo Samuel, aí já se deve saber que a revolução está no fim — e eu continuo vivo! Mas tenho um gosto amargo na boca, no coração, na alma. Sobretudo pela condecoração que recebi, "as melhores ações do seu regimento, empenhando-se com acerto, energia e rara tenacidade". E também por aqueles que perderam. Horrível. Os perdedores estão humilhados, para que tanto sangue. Oficialmente, entre os 600 paulistas mortos, estariam 350 voluntários. Devem ser muito mais. Todos jovens, muitos quase crianças. A resposta de Getúlio ao telegrama do general

| WALDO CESAR

Klinger exige que ele envie emissários ao general Goes, em Cruzeiro, para que assinem um protocolo. Pois não é que eles foram até lá e se recusaram a assinar? É desonroso, disseram e se retiraram. E há os que resistem e continuam atirando. De repente, imagine, ouvi gritos "sauve qui peut!", até pensei que estava na resistência francesa... Eram acadêmicos, gente da sociedade paulista, um deles um famoso Penteado. Um tenente paulista, enlouquecido, continuou a atirar gritando ordens a uma tropa inexistente, enquanto paulistas e governistas se confraternizam, riem, contam piadas, choram. Oh, bom e agradável viverem unidos os irmãos, não dizia o salmista, talvez depois de alguma das suas muitas sangrentas batalhas? Bandeiras brancas por toda parte. Rubem Braga, dos Diários Associados, conta a sua prisão, suspeito de espionagem, só porque relatou vitórias paulistas. Conversamos também com vários correspondentes estrangeiros. Vinham de Pouso Alegre, onde os combates duraram 18 horas seguidas, com 60 mortos.

Klinger resistiu até o possível. Não aceita humilhações. Queriam impor-lhe um armistício parecido com o que os alemães foram obrigados a assinar em 1918, enquanto Goes Monteiro, agora general, continua avançando sobre São Paulo. Os paulistas ainda tentam escapar para reorganizar as tropas. Em dois comboios com 2 mil homens carregados de armas e víveres, dirigiam-se para Mato Grosso, mas são cercados e presos. Sete oficiais, entre os quais o coronel Euclides, ainda tentaram fugir pelo litoral, num barco de pesca, entre Itanhaém e Cananéia. Também são presos.

Termino. Espero voltar logo e contar tudo pessoalmente. Saudações a D. Aurora e ao comandante Pedro e seus Homens Pequenos. Favor dizer a D. Ritinha que espero saborear um doce de abóbora e um cafezinho pelando — e que as medicinas muito me valeram. Ela apenas se esqueceu de um remédio contra os piolhos...

. . .

Últimas notícias. Uns poucos vagões, puxados pela locomotiva 351, deixam São Paulo à uma hora da madrugada. Paradas em Caçapava, Taubaté, Pindamonhangaba, Guaratinguetá, Lorena, Cachoeira. Tanta interrupção, murmura o general Klinger, insone, ele e sua mulher. Não tirou a farda nem para recostar-se. A capa de gabardine cinzenta dá-lhe um aspecto imponente. Acompanha cada ritmo do comboio nas ranhuras dos trilhos, cada sacolejo. Se chegasse à vitória, como ministro haveria de empenhar-se na modernização das estradas, dos trens, desses funcionários mal pagos e mal-educados.

Goes Monteiro e seus homens esperam em Cruzeiro. Humilhante. Bem desconfiava do final, desde a chegada a São Paulo, depois daquele infindo trajeto pelo Pantanal no mesmo trá-lá-lá-trá-lá-lá-lá-lá de todos os trens. De novo, apenas o acompanham alguns oficiais do seu estado-maior. Em silêncio. Melhor a morte no campo de batalha do que a agonia dessa lenta jornada para o interrogatório, a prisão, o exílio. Serei incisivo: "Nenhuma declaração desejo fazer à imprensa." Também o exército francês experimentou a derrota e a decomposição. Soldados morriam gelados na neve ou assados junto aos incêndios, enquanto reis e duques desfilavam em carruagens roubadas, com mantas e peles que não lhes pertenciam. As tropas debandavam, marchavam sem direção em busca de subsistência, atiravam fora armas e munição. Também aqui. Posições abandonadas, soldados não mais obedecem. Dão meia-volta na noite escura, deixam as armas pelo caminho. Batalhões inteiros. Até o Paes Leme, famoso pelos valentes voluntários. Assim terminam os que perdem neste país esfacelado, dominado por uns poucos donos de todos os bens, por sua vez sujeitos à vontade das potências mundiais. Como Napoleão, é preciso reconhecer a derrota: "Do sublime ao ridículo não há mais que um passo."

Klinger se apresenta. Postura impecável. Rosto tranqüilo. Nenhum cansaço nos olhos firmes. Como se fosse assumir um novo comando. Responde evasivamente, sim, sim, não, não. É mirado com respeito. Que não ousassem outra coisa.

Uma hora. Pensava que tomariam muito mais tempo. Sente-se fortalecido. Olha Goes Monteiro nos olhos, a cara de menino crescido, não se pode levá-lo a sério. Um dia estará de volta, chegará o tempo em que seus projetos e ideais serão reconhecidos, inclusive fazer xegar a todas as escolas ezemplares de nósa cartilha, para acabar com esa balbûrdia ortográfica. E política.

Klinger, sua mulher e oficiais partem com uma força militar no trem noturno *Cruzeiro do Sul*. Ocupa as cabines 10 e 11 do carro-dormitório, vagão número 305, detalhes importantes colados no dia histórico da derrota espetacular. De novo, a madrugada. Uma e trinta. Novas paradas inúteis: Queluz, Barra Mansa, Barra do Piraí. Ironia, o chefe do trem chama-se Antônio Vargas. Talvez o mesmo que conduziu outro Vargas, o ditador, também a partir de São Paulo, em 30 de outubro de 1930, um vagão especial como o do general, salão, gabinete, dois dormitórios. Klinger jamais esqueceria: Getúlio e companheiros da inconstitucionalidade haviam deixado a capital paulista às dez da noite de quinta-feira e só desembarcam no Rio no fim da tarde de sexta-feira, tantas as manifestações populares durante o trajeto. Povo fácil, volúvel. E o ditador ainda fora carregado na estação pela massa popular ao som do Hino Nacional. Uma caravana de 33 carros conduziu o arbítrio até o Palácio do Catete. Povo incerto, sem visão.

Às 7:55 da manhã, o pequeno comboio encostou na gare da estação D. Pedro II. Um pequeno grupo aglomerado, até então silencioso, dá vivas a São Paulo e ao general. Tumulto. Debaixo da chuva miúda, Klinger é escoltado até o edifício ao lado — o Ministério da Guerra — que sonhara ocupar e mudar o país. A pé.

21

ASSIM NA TERRA COMO NO CÉU

Passado o devido tempo, tudo aconteceu muito depressa. A guerra mantinha suas marcas sobre as cidades e seus habitantes, mas chegara o tempo de dirigir os pés pelo caminho da paz. Nas ruas de Resende seres mutilados ainda se arrastam, surpresos por não estarem numa cova desconhecida nos campos devastados. Se antes matavam e morriam, agora os vivos, grandes e pequenos, ajudam a recuperar ruas e casas. Os sinais do bombardeio ainda permanecem, mas na Cidade dos Homens Pequenos o cenário se refaz num abrir e fechar de olhos. A configuração geral dos objetos e das criaturas — caixas, latas, tampas, o rio e as montanhas modeladas nos contornos de cartolina, veículos e pontes e telhados — tudo delineia a promessa de uma nova terra. Como se a ressurreição alcançasse mais do que os corpos, para que estes, no seu retorno glorioso, encontrem sentido nas coisas que antes constituíam sua razão de existir. Os soldados de chumbo, novamente de pé, deixaram trincheiras e esconderijos, e uma nova cor, antes invisível, surge da fusão de azuis e vermelhos. Para os soldados de carne e osso foi mais difícil retomar a postura vertical; mas alguns juravam que companheiros mortos caminhavam eretos entre os viventes. Ezequiel 37: nos ossos secos, sequíssimos, que enchem o vale, ressurgem os nervos, cresce a carne, a pele se estende, entra neles o espírito. E vivem. Havia um brilho diferente, na terra como no céu. Tivessem partido ou não, estavam de volta. Passos, olhares, beijos e abraços, tropeços e perdões tornam a ocupar seus espaços, suas casas — mesmo aquelas cujos moradores há muito as haviam deixado pelos rotineiros caminhos da morte. Partiram, mas na verdade na verdade permanecem. O ar dos pulmões dos que contemplam tão alvissareiras mudanças está entrecortado de súbitas paradas, exclamações, medo de que não seja verdade; e ninguém estranharia se lágrimas regassem também aqueles minúsculos seres — simulacros de outras cidades, outra humanidade. Quem teria restaurado a Cidade, mal rompido o dia da boa nova; ou acontecera na véspera que anuncia o amanhã, como soam os cânticos, a leitura de salmos e do *Magnificat* na liturgia católica do entardecer. Porque somos de ontem e nada sabemos.

— Haverá a guerra justa, a *bellum justum*? — perguntou o doutor Paixão. — Teria razão Santo Tomás sobre a natureza de um Estado subordinado à Igreja, como entidade sobrenatural? Isto poderia levar a outro conceito — o da guerra como causa da paz, *bellum pacis est causa*.

— Mas se a ação armada fosse justa para um lado — respondeu Samuel, surpreso com a citação do doutor, o latim impecável —, segue-se que seria injusta para o outro. E se o que dela resulta não é justo, deduz-se que a guerra não pode ser justa. Pelos frutos se conhece a árvore. Já que estamos no latim, e na teologia, lembro o teólogo Karl Barth. Ao analisar todas as formas de morte, do aborto à chacina das guerras, disse que a sentença *Si vis pacem, para bellum* deveria ser revertida; e proclamar *Si non vis bellum, para pacem.*

— Se não queres a guerra, prepara a paz — confirmou o doutor. — As grandes fortunas e toda a criatividade que os paulistas empregaram na guerra... Far-se-ia o mesmo por uma causa da paz? — Mudou repentinamente de assunto, apontando para o piano: — E por que não se comemora a paz na harmonia de outros sons?

A família e amigos aplaudem. D. Januarina era a mais entusiasta. Sem nenhum comentário, Samuel percorre as páginas de um volume de corais, enquanto se dirige para o piano. Ecoam fortes as notas da frase principal. Tira os olhos da partitura. Repete a melodia. Introduz suas variações. Volta ao tema central. O doutor havia se aproximado. Acima do título, *Num ruhen alle Wälder*, estava desenhada em letra firme a tradução: *Agora estão em paz todas as florestas.*

Lembrou-se Pedro do vinho que o pai ganhara na visita à fazenda Boa Esperança. Tomaram com alegria. O menino levantou o seu cálice, mistura com água, saudou a todos com elegância. D. Ritinha enxugou os olhos. O doutor continua sentado, enquanto todos se retiraram, em paz.

Então Samuel perguntou como seriam os meses por vir. Sabia a resposta. Eram parcas as mudanças no corpo magro de Aurora. Da euforia musical, caíra na humilhação da dor sem remédio, a seu lado, sob o mesmo teto. Mas o Deus de Abraão, de Isaque e Jacó — e de Johann Sebastian — também estava presente, para sãos e enfermos; e ainda para os que não criam ou haviam perdido a fé. Invocado ou não invocado, Deus está presente — murmurou Samuel lembrando-se da frase de Jung na soleira da porta de sua casa. O doutor Paixão já havia dito, é preciso paciência, o senhor tem como encher a vida e o tempo — e muitos há que dependem do seu trabalho, de suas certezas e esperanças. Disto ele também sabia. Falarás a Palavra assentado em tua casa, e andando pelo caminho, e ao deitar-te e ao levantar-te.

Então, voluntariamente, ou não, o doutor mencionou os números dos mortos na guerra. Entre os 30 a 40 mil paulistas em armas, 634 haviam perecido, entre os quais 352 voluntários. Os federais, mais de 100 mil, perderam cerca de 200 homens. Poderão ser mais de mil os mortos, nunca se saberá. Certamente os dados vão além das precárias estatísticas oficiais. Sem falar que a morte também atinge os familiares de luto; e os 66 políticos, militares e jornalistas, que serão deportados para Portugal. E são muitíssimos os aleijados e traumatizados e enlouquecidos

Que importavam tantas mortes diante da morte? O doutor sabia. Os números não confortam. Quanto maiores, mais distantes. Há, contudo, certa grandeza nesses jovens corpos destroçados, que se tornam em monumentos onde os restos, encontrados ou não, permanecem para sempre no símbolo de um nome. E serão mais lembrados do que aqueles que voltaram dos combates — mas um dia perecerão enfermos ou senis, num leito qualquer.

O reverendo percebeu a intenção do doutor, e seu constrangimento no silêncio que se seguiu. Então voltou a comentar o final da insurreição, a suspensão da censura, as dívidas do país, os ódios contidos — temas para muito tempo, em todas as mesas, em todas as casas. Talvez nos sermões. No próximo domingo, o primeiro depois da paz, convém não esquecer a realidade política. Talvez cite novamente o vociferante Vieira. Apareceu uma vez a morte ao profeta Habacuque, e viu que ia andando. Apareceu outra vez a morte a São João no Apocalipse, e viu que vinha pisando sobre um cavalo. Apareceu terceira vez a morte ao profeta Zacarias, e viu uma foice com asas. De maneira que temos a morte a pé, morte a cavalo, e morte com asas.

Assim havia sido — e convém não esquecer. Assim também, com suas artimanhas, nos vai levando a morte. Por atacado, ou colhendo um a um no retrato da família.

. . .

Aurora também sabia, melhor que todos. No dia seguinte, só com Samuel na sala de música, pediu que tocasse mais uma vez *Todos os homens devem morrer*. Ele tentou evitar o tema, não importava sua verdade e beleza. Como tantos corais, disse, esta é uma peça para órgão. Aurora insistiu. Sobre a melodia em fá maior leu em voz alta, *Alle Menschen müssen sterben*. Mostrou a partitura. Olhe só, como é importante a pedaleira, o piano não dá conta de toda a harmonia da obra de Bach. Mas o som encheu a sala. Em breve, imaginou Aurora, num dia totalmente azul, sem uma nuvem, nenhuma interrupção, o caminho estará aberto. Tentarei abrir bem os olhos, mas as pessoas talvez se assustem ou tenham pena, sem perceber que apenas quero vê-las mais uma vez — breve despedida que as mãos não conseguem manifestar. Samuel as segura, ajoelhado, orando. Não sabem quão doce pode ser esse momento, estar e não mais estar, ser acima do ser. De todos os limites, este é o mais intrigante. Tudo parece flutuar numa leveza nunca dantes apercebida. As palavras já não servem, só o pensamento — que imensa clareza! — se aproxima do êxtase da inesgotável experiência. Quase pediu a Samuel que tocasse Bach novamente. Desta vez, *Vem doce morte*.

Nunca antes havia pensado no desfecho com tanta intensidade. Sem temor. Apenas o espanto da certeza.

...

9 Portanto, vós orareis assim:
Pai nosso que estás nos céus.
Santificado seja o teu nome;
10 venha o teu reino;
faça-se a tua vontade,
assim na terra como no céu;
11 o pão nosso de cada dia dá-nos hoje;
12 e perdoa-nos as nossas dívidas,
assim como nós temos perdoado
aos nossos devedores;
13 e não nos deixes cair em tentação
mas livra-nos do mal. Amém.

Assim na terra como no céu. Esta é a terceira petição da oração que o Senhor ensinou a seus discípulos. É uma oração curta, simples. Suas palavras-chave — pai, pão, dívidas, tentação, mal — falam do nosso cotidiano, da essência de nossa vida. Deus mediante, participaremos hoje da Santa Ceia, da eucaristia, que significa ação de graças; e meditaremos sobre a terra e o céu, neste momento crucial, quando ainda vivemos sob a lembrança da morte e do sofrimento. Eis o que diz o nosso texto: *seja feita a tua vontade, assim na terra como no céu.*

Aqui também estão outras três palavras que envolvem a rotina de cada dia: vontade, terra, céu. Aparentemente indicam certa oposição, sobretudo quando sabemos o quanto a nossa terra está longe do céu; e do que significa o céu no projeto divino, na história da salvação. Também a vontade de Deus —

a tua vontade — se contrapõe constantemente à vontade e à ação dos homens. Nem é preciso recordar o horror da guerra, a luta entre irmãos.

Sabemos o que é a terra, mas e o céu? Mesmo o céu físico que se expande sobre o nosso mundo, o céu dos astrônomos e dos sonhadores e dos pintores e dos poetas, está cheio de mistérios. As descobertas que pouco a pouco se vão acumulando revelam novas maravilhas, mas aumentam o mistério das origens do universo e do tempo. Porém esta é apenas uma das significações da palavra céu — o espaço insondável que se vê, dia e noite, sol e lua, estrelas e planetas, cometas e galáxias.

De que céu, porém, nos fala a oração do Pai nosso? Mesmo em termos bíblicos, são várias as concepções. O texto sagrado também registra expressões como os céus dos céus, no Pentateuco; o terceiro céu, em Paulo; o sétimo céu, no Apocalipse. E ainda se refere ao céu como a habitação de Deus. Ou seja, para usar uma figura de linguagem, o céu também significa junto a Deus, da parte de Deus — o que pressupõe a justiça, a paz, a ordem. E é isto que pedimos, quando dizemos *assim na terra como no céu*.

...

No dia 9 do décimo mês, que é o de outubro, assim esboçou o sermão para domingo. À noite, em sonho ou visão, estava diante do templo repleto. Atrás do pequeno púlpito contempla os corpos e as almas que esperam. Aguardam uma resposta, um conforto, uma esperança. Então caminha entre os bancos, olha nos olhos dos ouvintes. Subitamente interrompe o sermão. Há gritos e clamores na praça. Cânticos e aleluias invadem o silêncio do templo. Pessoas simples, quase invisíveis na dispersão da cidade, agora reunidas na praça, exibem toda sua pobreza e ansiedade; mas os rostos estão transfigurados ao som de instrumentos vibrantes, os corpos balançam felizes para um e outro lado. Bem sabia o reverendo. Os corais no harmônio, ou mesmo os hinos, e menos ainda os sermões, careciam do poder de atração para aqueles despossuídos.

Que fazer. Alguns querem sair à rua, impedir o culto do lado de fora. Samuel os contém. Levanta a voz. Que se mantenham nos seus lugares, que aproveitem o momento para meditar, que peçam por uns e outros — os que estão sob a proteção de um telhado e os que se encontram debaixo da extensão do céu estrelado. Senão, estaremos reiniciando uma velha guerra, outra vez entre irmãos; e agora entre criaturas de uma fé comum, que a seu modo adoram o mesmo Deus, veneram o Espírito Santo tantas vezes esquecido, como esquecidas andam as igrejas de alertar os crentes contra as astutas ciladas do diabo. Afinal, os nossos irmãos lá fora, mais ousados do que nós aqui dentro, estão se espalhando rapidamente por todo o país, por todo o mundo; e não atiram pedras nem queimam bíblias. Aleluia, aleluia! Deus seja louvado! — o templo parece tremer com as vozes de fora, cada vez mais fortes. Deus seja louvado, exclamou o reverendo, acima das forças dos seus pulmões. Deus seja louvado, repetem também. De repente, os ritmos se confundem. O cântico dos irmãos na praça é conhecido entre os irmãos nas quatro paredes da igreja. O reverendo canta e rege a congregação, os olhos brilham, os gestos parecem alongar os braços sobre todos, como numa bênção. As vozes, de fora e de dentro, sobem juntas aos céus.

. . .

Dirá ainda: irmãos e irmãs na mesma fé, agora também irmanados na paz que retorna aos nossos lares. Eis-nos aqui, num momento de grandes surpresas na vida de cada um, quem sabe

TENENTE PACÍFICO

se nas ruas e casas desta cidade e de todo o país e seus homens e mulheres — e olha para Pedro —, grandes e pequenos. E insistirá numa pergunta, duas vezes, três vezes, sem esperar resposta, sabendo que ela está dentro de cada um: Como será o céu na terra? Como será esse "assim na terra como no céu"? Nossa esperança — o céu, nossa morada — a terra, serão uma só coisa. Aqui nascemos, vivemos, morremos. Então, todos os sinais de nossa presença cumprirão o propósito da criação, do berço ao cemitério, dia e noite, águas e mares, sementes e árvores e frutos, animais e aves e peixes segundo as suas espécies; os luzeiros no firmamento dos céus para alumiar a terra; homem e mulher e família, cidade e casa, e todos os inventos — toda a sua obra que tinha feito. Então, ao olhar para o alto, ou para o horizonte, contemplaremos a tarde e a manhã do dia sexto, a gênese dos céus e da terra quando foram criados e abençoados no descanso do dia sétimo — e eis que era muito bom.

...

Sombra das coisas celestes — e quase não pode continuar. Aurora percebe o espanto, sorri do último banco. Ao lado, Maria Rita, Pedro, Marta, Maria, Isabel. As filhas haviam chegado de surpresa. Benedito voltara para comemorar a paz. O doutor Paixão. O senhor Genico. O coronel que o fizera capelão. Os fazendeiros, sempre ausentes, lá estão. Com eles, André, o caçula. Será o Vadoca, sem a manta preta? Corina. Pacífico. Difícil reconhecê-lo sem a farda, mas é ele, é ele, já não é o tenente, nome provisório, é apenas Pacífico, nome permanente confirmado no batismo. Retira o cartucho do bolso do colete, e que Pedro o devolva a Pacífico. Alguém certamente não morreu, dirá olhando nos seus olhos. Há outras presenças, estranhas, que apenas as tinha visto nas janelas dos trens ou na imaginação. Porque dos muitos trabalhos vêm os sonhos.

...

[As horas fundamentais já nos visitaram.] Vamos terminar dizendo juntos a oração do Senhor. E assim, céu e terra estarão ligados, como o arco-íris que nesta manhã de domingo estendeu-se sobre o rio Paraíba — como no Gênesis resplandeceu com as mesmas cores, nas nuvens, aliança eterna entre Deus e todos os seres viventes de toda a carne que há sobre a terra. E assim a causa de Deus será a nossa causa. E não mais haverá guerras nem rumores de guerras.

Este livro foi composto na tipologia Stymie Lt, em
corpo 10,5/14, e impresso em papel
Chamois Fine 80g/m² no Sistema Cameron
da Divisão Gráfica da Distribuidora Record.